永井荷風

永井荷風

●人と作品●

福田清人
網野義紘

CenturyBooks　清水書院

序

歴史上にいろいろな業績を残した人の伝記を若い日に読むことは、人生の指針にも役立つことである。ことに文学者の伝記は美と真実を求めて興味深く、その作品の鑑賞・理解にも欠かせないものである。

たまたま清水書院より、日本近代作家の伝記及びその主要作品を解説する「人と作品」叢書の企画について相談を受けたことがある。それは、私が立教大学で近代文学の講座を担当していた昭和四〇年の初夏の頃であった。

読者対象を主として若い世代におき、執筆陣は、既成の研究者より、むしろ立教大学の大学院に席をおく新進の新鮮で弾力ある文章を期待するということであった。

立教大学の日本文学科の創立は戦後であったが、近代文学の講座に特色を持たせようとしており、大学院に残る学生もその方向の研究者が多かった。

私は二、三の知友の外はこの若い研究者たちに向き向きの作家を組みあわせて推薦した。

叢書としての体裁から、前半を伝記、後半を主要作品の解説という構成をとり、所々に資料の写真を入れた、親しみを持たせるような配慮もした。

こうして昭和四一年から二、三年のうちに三八巻が刊行された。この種のハンディな刊行物もなかったので、幸い好評で爾来二〇年近くの間に、改訂を加えたりしたものもあり、版を重ねて現在に至っている。

ところで、数年前、さらに既刊にもれた作家を一〇名前後を追加したいとの書院からの要望があった。それで、著者は主として、既刊の執筆者から推したが、ここに「永井荷風」をまとめた網野義紘君も、すでに「夏目漱石」を、この叢書から刊行している。

東京浅草に生まれ育った網野君は、そうした関係もあってか、荷風文学にひかれ、立教の大学院の修士からつづいて博士課程でも、専ら、その追求に専念しており、その後、学界の荷風文学研究者たちに伍し「荷風の会」の一員として活躍、荷風研究家として、学界に鮮やかな足跡を印しつづけている。

本書の第二編を構成する作品論には、その学界誌に発表された全文や、要約もあり、その研究進展の軌跡ともみられよう。

また第一編の荷風の生涯の記述をみても、この解説と共に、「夏目漱石」を上梓した昭和四一年三月から、やがて二〇年に近い歳月は、この論考にも研究の密度と、豊かさの年輪を示していることを、改めて気付くのである。

昭和五九年盛夏

福田清人

目次

第一編　永井荷風の生涯

山の手の子……八
文学修業……二五
洋行時代……四五
戯作者的姿勢……六四
独居凄涼……九五

第二編　作品と解説

『あめりか物語』……一二八
『ふらんす物語』……一四〇
「花火」と「散柳窓夕栄」……一六〇
『腕くらべ』……一七〇
『濹東綺譚』……一八九
あとがき……二〇九
年　譜……二二一
参考文献……二三一
さくいん……二三七

第一編　永井荷風の生涯

山の手の子

儒者の家

永井荷風は明治一二（一八七九）年一二月三日、東京市小石川区金富町《かなとみちょう》四五番地（現、文京区春日二丁目）に父永井久一郎《きゅういちろう》・母恆《つね》の長男として生まれた。本名を壮吉《そうきち》という。次男貞二郎《ていじろう》、三男威三郎《いさぶろう》の他に一女があったが夭折《ようせつ》している。

永井家の祖は天正一二（一五八四）年の長久手の合戦に武功を上げた永井伝八郎直勝である。鈴木成元『永井直勝』（昭39・12）によると、直勝は長田氏を名のり、徳川家康の嫡男松平信康に仕えたが信康自刃後家康に仕えることとなり、その命によって「長田を改めて大江氏となり、家号を永井というようになった」のである。この大江永井氏の始祖（荷風永井氏の始祖）が直勝の庶子久右衛門正直である。荷風の実弟永井威三郎の著書『風樹の年輪』（昭43・10）は永井家の系譜を詳細に調べているが、それによると、「慶長十二年丁未（一六〇七）尾張国星崎荘大江永井家の始祖正直は、年二十三歳で牛毛荒井村に居を構えて一家を創立した。早くは知多郡板山村外で育ち、慶長の初めに愛知郡星崎荘本地村に移り、数年の後にこの地に移った」とある。正直は秋庭太郎『考證　永井荷風』（昭41・9）によると製塩業によって成功し、「巨利を得た」とある。以上で荷風永井氏には武人の血が流れており、その居住地が愛知県であったことが知られる。

荷風は「わたしのおじいさんは松右衛門といった。永井家は代々当主が松右衛門を名乗るんですよ」(『荷風思出草』)といっている。そうなったのは正直から四代目の正治の時からで、八代後に永井星渚《せいしょ》という人が出た。星渚は江戸の儒者として聞えた市川鶴鳴《かくめい》に学び在野の儒者として知られ、その学は徂《そ》徠《らい》派の服部南郭《なんかく》の系統に属すると伝えられている。彼は文化元(一八〇四)年満四三歳で藩臣志水甲斐守の家臣となり、士族に列せられている。荷風永井家はここで由緒正しい儒者の血筋を引くこととなり星渚の学が荻生徂徠派の学に属することが注意されるのである。

星渚は子供がなかったので従弟匡鼎に家をゆずったが、匡鼎は早世したのでその子の匡儀(通称松右衛門)に継がせることとなった。匡儀は士前と号し俳諧をよくしたと伝えられる。その養子の匡威《まさたけ》が荷風の祖父にあたる人で俳諧、茶道をよくしたが、荷風は、祖父は「全然東京へ出てくることがなかったので全く知らない」(『荷風思出草』)と述べている。匡威以降の略系を示せば上図のようになる。

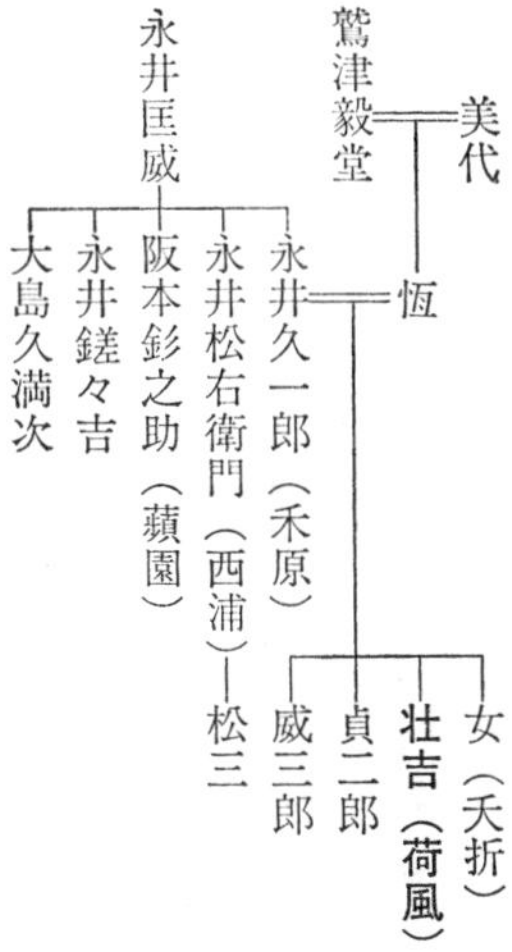

永井家略系図

荷風の父久一郎は嘉永五(一八五二)年八月、

尾張国愛知郡牛毛荒井村に生まれた。藩校明倫堂の督学鷲津毅堂《わしづきどう》に儒学を学び、その傍ら漢詩を森春濤《しゅんとう》に学んだ。毅堂は政治色の強い水戸学を奉じ、『聖武記採要』(嘉永三年、発禁)で新兵器による国防の必要性を説いて幕府からにらまれたことでもわかるように、国事に強い関心を寄せた儒者である。久一郎は毅堂の跡を追って上京し、明治三(一八七〇)年に大学南校貢進生となり、翌年それを辞して名古屋藩の命令でアメリカに遊学した。帰朝(明治六年)後、文部省医務局や書籍館・博物館に勤務、明治一〇(一八七八)年に師の毅堂の次女恆と結婚した。荷風が生まれた時には内務省衛生局に勤務していた。以後久一郎は明治三〇(一八九八)年に退官して日本郵船上海支店長、同横浜支店長に就任するまでに帝国大学書記官、文部大臣官房秘書官などの官職を歴任する。禾原《かげん》と号し漢詩人として聞え『來青閣集』一〇巻がある。

父への反発と母への愛慕

そうした父の像を荷風は「洋服論」で次のようにかいている。

予の生れし頃(明治十二年なり)先考は十疊の居間に椅子卓子を据ゑ、冬はストオブに石炭を焚きて居られたり。役所より歸宅の後は洋服の上衣を脱ぎ海老茶色のスモーキングヂャケットに着換へ、英國風の大きなるパイプを啣《くわ》へて讀書して居られたり。雨中は靴の上に更に大きなる木製の底つけたる長靴をはきて出勤せられたり。予をさな心に父上は不思議なる物あまた所持せらる丶事よと思ひしことも屢《しばぐ》なりき。

当時の高級官吏の生活様式はこのようなものであったろう。ハイカラな西洋風のそれと異なって父のモラルは儒教倫理に根ざしている。のちに荷風は父の頭は「漢文で凝り固まって」いる（『荷風思出草』）と表現している。これは、儒教の教え自体がまちがっているというのではなくてもそれが形骸化して、封建性と結びつき専制的になると人間の自由をそこなってしまうことを意味している。

荷風の幼年時代は「狐」という作品によってうかがえる。それによると、金富町の生家（地所四五〇坪、建坪七四坪）は、旧幕の御家人や旗本の屋敷がそこここに売物となっていたのを三軒ほど一まとめに買い占め、古びた庭園や木立をそのままに広い邸宅を新築したもので、そこには古井戸が二つもあった。その一隅は崖下の空地になっている。そんな無用な土地を買ったわけは、貸長屋でも建てられて汚い瓦屋根だの洗濯物など見せつけられるのを嫌ったためである。そして、「父にはどうして、風に吠え、雨に泣き、夜を包む老樹の姿が恐くないのであらう。角張つ

永井禾原（秋庭太郎『永井荷風傳』より）

た父の顔が時としては松の瘤《こぶ》よりも猶《なお》空恐しく思はれた事があつた」といい、さらに、

私はしめやかなランプの光の下に母と乳母とを相手に暖い炬燵《こたつ》にあたりながら繪草子や錦繪を繰りひろげて遊ぶ。父は出入りの下役淀井の老人を相手に奥の廣間に引廻した六枚屏風の蔭でパチリパチリ碁を打つ。折々は手を叩いて銚子のつけやうが悪いと怒鳴る。母親は下女まかせには出來ないと、寒い夜を臺所へと立つて行かれる。自分は幼心に父の無情を憎く思つた。

とかき、御用聞と仲働きの密通をとりおさえた書生の田崎を「恐いやうな、憎いやうな氣がして、あれはお父さまのお氣に入りで僕等だのお母さまなどには悪い事をする奴であるやうに感じられてならなかつた」と記している。もとよりこれが作品である以上このまま事実と受け取ることはできない。誇張も大分あるようだ。しかし、ここにかかれている荷風の当時の父母に対する感覚は『あめりか物語』中の「一月一日」や「監獄署の裏」『冷笑』に示されたそれと大して変わらない。広い邸宅を新築できる父、松の瘤より空恐しく思われる角張った顔を持った父、手を叩いて銚子のつけようが悪いと怒鳴る父に対して「下女まかせには出來ないと、寒い夜を臺所へと立つて行かれる」母。母を相手に「暖い炬燵にあたりながら繪草子や錦繪を繰りひろげて遊ぶ」自分、「父の無情を憎く思」う自分、「お父さまのお氣に入り」は「僕等だのお母さまなどには悪い事をする奴」

だと感じる自分。ここには明らかに強者に対する嫌悪と弱者に対する同情といたわりが認められる。荷風がそうした形で反発しているのは父の全人格ではなく、儒教倫理に根ざした専制的な気風であり、そのことは『冷笑』(明42〜43)中の徳井勝之助の「父は極めて思想が粗雑で、理性の反省に乏しく、獨斷的專制的である」という言葉にも表れている。

荷風の母恆が鷲津毅堂の次女であることは既に記した。儒者の娘というとなにかいかめしく聞こえるかも知れないが、温順な反面、芸ごとを好み長唄が上手で琴もよく弾いた。大の芝居好きでもあった。「監獄署の裏」(明42)で荷風は、

私は忘れません、母に連れられ、乳母に抱かれ、久松座、新富座、千歳座なぞの棧敷《さじき》で、鰻飯の重詰を物珍しく食べた事、冬の日の置炬燵で、母が買集めた彥三や田之助の錦繪を繰廣げ、過去つた時代の藝術談を聞いた事。(中略)私は母親といつまでも〳〵、樂しく面白く華美《はで》一ぱいに暮したいのです。私は母の爲めならば、如何な寒い日にも竹屋の渡しを渡つて、江戸名物の櫻餠を買つて來ませう。

と母への愛慕を述べている。先に引用した「狐」の一節にも「暖い炬燵」が登場していた。「暖い炬燵」を囲んだ楽しい世界は芸術を愛する精神に通じていた筈である。佐伯彰一の指摘にあるよう

に立身出世主義的な男性的世界に対してそれは女性的世界であると見ることもできよう。

鎧と十字架

明治一六(一八八三)年二月(一二月という説もあるが筆者は二月説をとる)五日、弟の貞二郎が生まれた。そこで恆は荷風の養育をしばらく下谷の祖母(毅堂の未亡人、美代)に托すことにした。一七(一八八四)年春から一年間、荷風はそこからお茶の水女子高等師範学校付属幼稚園に通った。下谷竹町四番地にあったその家(母恆の実家)には「封建時代の貴族的趣味」(「下谷の家」明44)が、たとえば冠木門《かぶきもん》、敷台付玄関、骨を黒く塗った二枚立の障子、一面に桔梗《ききょう》の定紋を紺色に染め出した白い張壁、長押に掛けた蒔絵の鞘《さや》の薙刀《なぎなた》と長い槍といったようにいたるところにその面影を留めていた。とりわけ少年の印象に残ったのは「生きた人間の通りの形」をして動かず腰をかけている鎧《よろい》であった。彼には雨のふる暗い日などには、ことさら気味悪く感じられた。それは毅堂の遺品なのであった。「下谷の家」で荷風は次のように回想している。

あゝ下谷の祖父さま、其の人の過去に属した存在は少年時代の私の心に如何に幽暗なる神秘の光を投げたであらう。下谷の祖父様は尾州家の儒者であつたが維新の折勤王の志士と交際し三條實美公の知遇を得て明治政府初期の重立つた官吏になつたとやら。子供の時語り聞かされた斯《かく》の如き一家族の歴史は私が成人した後までも長く私の心の底に動すべからざる感化を與へてゐたらしい。

毅堂は一族の人々の尊敬の対象となっていたのであろう。そして荷風の心に残ったのは「幽暗なる神祕」であり、「封建時代の貴族趣味」であった。のちの彼は「明治政府初期の重立つた官吏」という面からは著しく離脱していくことになる。

この下谷の家で荷風はもう一つ「不思議な人の姿」を見る。それはスピンネル博士というベルリンから来た宣教師であった。祖母美代はキリスト教徒（ユニテリアン）で日曜にはそのころ出来た壱《い》岐《き》坂教会に荷風を伴って礼拝に行っていたのである。儒者の妻であった美代がなぜキリスト教に入信したのかについて秋庭太郎は「信仰よりも明治二十年前後の知識階級の風潮であった一種の講話の教養のためでもあったらし」い（『荷風外傳』昭54・7）と指摘している。美代の入信は明治一九（一八八六）年であるが、その後、二一（一八八八）年には恆も洗礼を受け、荷風の弟の貞二郎（鷲津姓）は明治三五（一九〇二）年に植村正久から洗礼を受け、四四（一九一一）年東京神学社を卒業し牧師となっている。その弟の威三郎も受洗している。

荷風は「初めて鎧と十字架と、全く兩立しない二つのものを見た其の下谷の家が、神祕に思はれてならぬ」と述べている。それは「祖先が殘した嚴肅なる封建時代の宝物を、其のまゝに示してくれた處」であると同時に「異なる國の新しい宗教を示してくれた處」でもあったのである。後に荷風はその「異なる國」に出発していくことになる。
美代が荷風をいかに可愛がっていたかは『下谷叢話』（大13発表、大15刊）の記述に「祖母に育てられた兒の俚諺《りげん》にも三文やすいと言はれてゐるのも無理ではない。わたくしは小石川なる父母の家を離れて下谷なる祖母の家に行くことをいかに嬉しく思つたであらう」とあることからもうかがわれる。自己をいつでもやさしく受け入れてくれる下谷の家はやはり前述したような意味での女性的世界であったといえよう。

ハイカラ少年と漢学塾

明治一八（一八八五）年に生家にもどった荷風は小石川区小日向服部坂にあった黒田小学校に入学する。海軍服に半ズボンをはき、襟から後は肩を蔽《おお》うほど広く折返したカラーをつけ、幅の広いリボンを胸元で蝶結びにして、広い鍔《つば》の帽子には鉢巻のリボンを後に垂らした通学姿や西洋の子供のように長めに刈ったヘアースタイルは人々の目を引かずにはおかなかった。「異人の兒よとて笑はれたりしなり」と「洋服論」で回想している。また、「葷斎《くんさい》漫筆」（大14）には「小日向服部坂の小學校に通ひしころ、歸途日々金剛寺の坂上なる儒者何某の許に立寄り、大學中庸の素讀をまなびしことあり」という記述がある。永井星渚も鷲津毅堂も荻生徂徠学派の流れをくむ儒者であった。徂徠学では六経《りくけい》の本文そのものを重視し、『大学』『中庸』はそれをゆがめるものとして否定されている。それなのに毅堂の弟子の久一郎（禾原）はなぜ息子の荷風に『大学』『中庸』の素読を学ばせたのであろうか。一つには奥野信太郎の指摘にあるように「最初に大学の素読から入門したということは、昔の漢学修業としては、もっとも正統派のゆきかたであった」(「荷風と中国文学」昭34)という事情による。また一つには、このころには徂徠学が当初の教えを守ることから多分に形骸化し厳格さを失ってきていることにもよるのであろう。この「きちんと袴をはき小机をあひだに先生と向ひ合に端座《たんざ》し、子の曰《のたまは》くと、何のことやら譯の分らぬことを棒讀にする素讀の稽古」(「冬の夜がたり」昭12)に苦しめられた荷風は、家へ帰ると、またもや客間へお辞儀に出て、しびれを切らさねばならないのかと思うとそれがいやさに、縁側から庭へ飛び下りて、植込みの中へ逃げ込んだこともあった。この漢学塾の思い出は強く荷風の胸中に残った。「新歸朝者日記」(明42)では「少年時代を頑固な漢學塾で苦しめられ青年時代を學校の規則で束縛された憤慨のあまり、漫然として東洋の思想習慣の凡てに反抗して居るばかりである」と記している。

祖母の死と反骨のめばえ

この後、小石川竹早町(現文京区小石川四丁目)の高等師範学校付属学校(高等小学科)、そして神田錦町の私立東京英語学校に通学した。この間の明治二三(一八九〇)年九月一六日に祖母鷲津美代が肺炎のため亡くなった。母があお向けに寝た祖母の枕元ににじりよって壮吉(荷風)が来たことを知らせると、「祖母《おばあ》さまは眠つて居たのではないと見えて、聲に應じて開いた眼だけを私の方に向けられ、そして唯だにこりと笑はれたやうであった」(「下谷の家」という。

明治二四（一八九一）年九月には神田一ッ橋の高等師範学校付属学校（尋常中学科第二学年）に編入学しているが、その時の同級生には井上精一と寺内寿一がいた。井上精一はのちに啞々と号した小説家で、大正一二（一九二三）年に亡くなるまで荷風と親しい交友関係にあった。寺内寿一はのちに太平洋戦争で南方総軍司令官となった人である。荷風と井上が軟派であるとすると寺内は硬派で、それについては次のようなエピソードが伝えられている。荷風は同窓会雑誌に「奢侈論」と題する激烈な文章をのせた。軍国主義の時代だったからそれを読んだ誰もが驚いた。硬派の寺内はこれを怒り、荷風を校庭へ引っぱり出して皆なの見ている前で鉄拳制裁をくわせた。弟貞二郎が知らせを受けて駆けつけると、見守る弟を尻目にさっさと教室へ引きあげ、荷物をまとめて帰ってしまった、という。一説には寺内が怒ったのはチックをつけた長髪が気に入らなかったからで、その長髪は腕白連中にジョキジョキ切られてしまったが、荷風はその親たちを歴訪してあやまらせた、ということになっている。いずれにせよ反骨らしきものがこのころから荷風の内に起こってきていたことを伝えている。

初恋とペンネーム

明治二六（一八九二）年、久一郎は文部書記官高等官三等の役職につき、金富町の邸宅を売却して、麴町区飯田町三丁目黐《もち》ノ樹坂下に移転した。翌二七年一〇月には麴町区一番町四二番地に移転した。荷風の小年時代でこの一六歳の年は記念すべき年であった。当時を荷風は「十六七のころ」で次のように回想している。

> 十六七のころ、わたくしは病のために一時學業を廢したことがあつた。若しこの事がなかつたなら、わたくしは今日のやうに、老に至るまで閑文學を弄《もてあそ》ぶが如き遊惰の身とはならず、一家の主人ともなり親ともなつて、人間並の一生涯を送ることができたのかも知れない。

病のための一時期とは具体的には明治二七（一八九四）年、瘰癧《るいれき》治療のため（荷風は元来体質が弱かった）下谷の帝国大学第二病院へ入院し、翌二八年正月から三月まで流感に罹り臥床、四月から七月まで小田原の足柄病院へ転地療養に行き、九月まで逗子の別荘で過した約一年間を指すのである。

下谷の第二病院に入院していた時、荷風は付添いの看護婦に恋心をいだいた。おそらくこれが荷風の初恋であったろう。その看護婦の名が「お蓮」であったところから、退院後小説をはじめてかいた時に荷風の雅号を得た（「蓮」は「荷」に通ずる。共にハスの意）という。水上瀧太郎「永井荷風先生招待会」によると、その小説は「春の恨」と題する為永春水の『梅暦』を模倣してかいた七五調の作品だったそうであるが現存しないので具体的には何もわからない。また、小田原の足柄病院に入院していた時に「始めて縫ふ他郷の暮春と初夏との風景は、病後の少年に幽愁の詩趣なるものを教へずには居なかった」（「十六七のころ」）という。季節の移り変わり、風土と色彩、メランコリックな感情などが荷風文学の特色である。その最も早い基盤がここに認められるのである。

成島柳北の影響

このころ読んだ書物は『真書太閤記』『水滸伝』『西遊記』『演義三国志』（これらの書は永く記憶に残った）、帝国文庫の『京傳傑作集』『膝栗毛』または円朝の『牡《ぼ》丹燈籠《たんどうろう》』『塩原多助』（これらは貸本屋から借りて読んだ、文章よりも挿絵の方が記憶に留った、という）。以上の他に講談筆記と馬琴の小説、英語の教科書に使われていたラムの『沙翁物語』、アービングの『スケッチブック』、神田錦町の英語学校へ通った時初めて読んだディッケンズの小説などをあげている。

東京に帰ってからは、一つ下の級になったので以前のように勉強に興味をもてず、一人運動場の片隅で丁度その頃覚え始めた漢詩や俳句を考えてばかりいるようになった、と述べている。俳句は正岡子規の『俳諧大要』（明32）によったというから、そこにかかれている「寫實的のものは何年経て後も多少の味を存する者多し」という写実を重んずる態度は印象に残ったと思われる。

漢詩の作法は最初は父から学んだが、父の紹介状を持って明治二九（一八九六）年に岩渓裳川《いわたにしょうせん》の門に入り、日曜日毎に三体詩の講義を聞いた。啞々井上精一を知ったのもその席上であった。また、荒木古童の「残月の曲」に感じ入り、荒木可童から尺八を習得している。

『我が思想の變遷』（明42）で荷風は、中学の三、四年頃から「成嶋柳北の漢文混りの戯文、狂詩、又は端唄なぞの俗曲に興味を持つて、盛に此等を耽讀すると同時に自ら筆を執つて此等の模倣を行つた」とかいている。この多感な少年の胸には柳北の「焉《いず》ンゾ知ラン情懐ヲ春花秋月ニ楽マシメ、綽々然《しゃくしゃくぜん》ト〆《シテ》余裕有ル風流社会中ニ、却テ真ノ憂国愛民ノ士有ラザルヲ」（「独言」）という姿勢が印象づけられたことであろう。塩田良平の指摘によれば「父の恩」（大8）では、父が文墨の交わりを結んだ人々のなかには「成嶋柳北先生のやうな奇骨稜《りょう》々たる人もあつた」とあるから文学上の接近を容易にさせる条件があったのかも知れない。さらに荷風は、成島柳北の仮名交りの文体をそのままに模倣したり、剽窃《ひょうせつ》したりした間々に漢詩の七言絶句をさしはさんだりした半紙二帖ほどの作品『紅蓼白蘋録《こうびょうはくひんろく》』をものしたという（「夏の町」）。それは「自敍體の主人公をば遊子とか小史とか名付けて、薄倖多病の才人が都門の榮華を外にして海邊の茅屋《ぼうおく》に松風を聞くと云ふ假設的哀愁の生活」をかいたものである。ここにはかつての荻生徂徠学派の儒者のように国事に関心を寄せ奔走する姿勢は見られない。逆に「都門の榮華を外に」した「假設的哀愁の生活」を志向している。この反実利性こそ荷風文学を貫いている性格なのである。

また、「下谷の家」では「文學から呼起される藝術的快感に冒され初めた」といい、中国の詩人王次回に代表される「香奩體《こうれんたい》と称する支那詩中の美麗なる形式」、要するに艶体詩に心を迷わせたと述べている。「藝術的快感」は明治政府が方針とした儒教的教育への反発の意味を持っていたであろうし、この時期が「凡て角度を有する直線よりも丸味を持った曲線的の物體が驚く程目につき出した」(「祝盃」明42) 時期 (荷風は明治三〇年二月、一九歳で吉原に遊んでいる) にあたっていたことも考え合わされよう。ここに荷風文学のもう一つの性格として好色性があげられるのである。

「日陰者の気楽な生活」

明治三〇(一八九七)年三月、久一郎は官吏を辞して、日本郵船会社(間もなく上海支店長となる)に転職した。最終の官職は文部省会計局長であった。これを久一郎の実弟と比較してみると、阪本釤之《さんの》助《すけ》(詩人阪本越郎、作家高見順の父)は控訴院書記官、滋賀県書記官、岡山県書記官などを経てこの年には貴族院兼内閣書記官、東京府書記官となっている(のちには福井県知事、名古屋市長、貴族院議員を歴任)。また、大島久満次はこの年には台湾総督府官房参事官となり民政部法務課事務官を兼任している(のち、民政部警察本署警視総長、総督府民政長官などを歴任)。要するに久一郎は官に志を得ず民間に身を転じたのである。

同年六月、荷風は第一高等学校の入学試験を受験したが不合格となった。当時を回想して「九月」(明43)で「官僚の世に立たうとするには官僚最高の學府に學ばなければならない。されば大學の豫備科なる高等學校の入學試驗に合格しなかつた學生はまづ一生涯立身の見込のない事を宣告されたのも同様である」と述べている。この記述から久一郎が長男の荷風に官僚として明治の出世コースを歩ませたく、期待をかけていたことがわかるのである。

「貴様見たやうな怠惰者《なまけもの》は駄目だ、もう學問なぞはよしてしまえ」と怒る父を、母は「なにも大學とかぎつた事はないでせう。高等商業か福澤さんの學校でもいゝぢやありませんか」となだめるけれども、父はなおさら怒って「お前は世間を知らんからそんな馬鹿な事が云つてゐられるのだ。會社にしろ官省にしろ、將來ずつと上の方へ行くには肩書がなければ不可《いか》ん。子供の教育は女の論ずべき事ぢやない」といったという。「ずつと上の方へ」息子を歩ませたい父の意志に反して息子の方は学問をよそうと思うようになる。「數學の知識の缺乏を自覺してゐた自分は、幾度試みても、到底高等學校には這入《はい》れないと諦めてゐたので、絶望の揚句《あげく》にさま〴〵な世の渡り方を空想し出した。小説家、音樂家、壯士役者、寄席藝人なぞ、正當なる社會の埒外に出て居る日陰者の寧《むし》ろ氣樂な生活にあこがれ始め」るのである。「ずつと上の方」=「正當なる社會」に対して「日陰者の寧ろ氣樂な生活」を志向していることが注意される。

上海旅行

明治三〇年九月、荷風は父母に伴われて弟と共に上海に遊んだ。その時の見聞は「上海紀行」(明31)にかかれている。そこには、異郷の風物に接した驚きやうきうきした気持が「亭あり樓あり庭あり池あり。建築宏大。記に云ふ明人潘充庵建つる所と。今や粉壁朱欄塵に汚ると雖も又壯舊時の美を失はず」といった調子で語られている。「十九の秋」(昭10)には上海に上陸してからは「日に日に經験する異様なる感激は、やがて朧《おぼろ》ながらにも、海外の風物とその色彩とから呼起されてゐることを知るやうになつた」と記されている。エキゾティシズムを受け入れ易《やす》い資質や、「風物とその色彩」に感激を覚える感性が早くも「上海紀行」には表出されている。

　この上海旅行の感激もあって、高等商業学校付属外国語学校清語科に明治三〇（一八九七）年一一月に入学し、明治三二（一八九九）年一二月除名となるまで在学した。宮城達郎は当時の荷風の成績を調査し、「成績は悪くなかったが、やはり体操を欠席しており、学年試験をも放棄している」とかいている（「学校時代の永井壮吉」）。

　清語科の同級生には、小学校からの親友でのちに『古文舊書攷』（明38）を著し、天才肌の漢学者として知られた島田翰《かん》がいた。荷風は「梅雨晴」（大12）で「わたしは西洋文學の研究に倦《う》んだ折々、目を支那文學に移し、殊に清初詩家の隨筆書牘《とく》なぞを讀まうとした時、さほど苦しまずして其の意を解することを得たのは今は既に世になき翰の賚《たまもの》であると言はねばならない」と述べている。この島田翰と井上精一（啞々）と荷風とは家から書物を持ち出しては、遊興費にあてていた。翰は宿儒島田篁村《こうそん》の二男だったから、持ち出した書物は皆稀覯《きこう》本であった。島田家では蔵書の紛失に気づくと東京中の書店へ手を廻して絶えず買い戻していた、という。

文学修業

そもわが文士としての生涯は明治三十一年わが二十歳の秋、簾《すだれ》の月と題せし未定の草稿一篇を携へ、牛込矢來町なる廣津柳浪先生の門を叩きし日より始まりしものと云ふべし。われその頃外國語學校支那語科の第二年生たりしが一ッ橋なる校舎に赴く日とては罕《まれ》にして毎日飽かず諸處方々の芝居寄席を見歩きたまさか家に在れば小説俳句漢詩狂歌の戯に耽り兩親の嘆きも物の數とはせざりけり。

廣津柳浪入門

右は「書かでもの記」(大7)の一節である。荷風が柳浪の門に入ったのは明治三一(一八九八)年九月のことである。入門の動機については「正宗谷崎兩氏の批評に答ふ」(昭7)で、井上啞々が柳浪の「今戸心中」所載の「文藝倶樂部」と斎藤緑雨の『油地獄』一冊とを荷風に示してその優れたところを説いたのが原因である、と述べている。また、「里の今昔」(昭10)では明治時代の吉原とその付近の町との情景をよく描いている作品として樋口一葉の「たけくらべ」、柳浪の「今戸心中」、泉鏡花の「註文帳」をあげ、自分が初めて吉原の遊里に行ったのは明治三〇年の春で「たけくらべ」が「文藝倶樂部」第二巻第四号に、「今戸心中」が同第二巻第八号に掲載された翌年である、とかいている。これらの作品が荷風の創作意欲を刺激し、遊里の地を克明に描く彼の創作方法に影響を及ぼしたことは確かである。しかし、次の記述を考慮すると柳浪入門の動機をそれだけに限定することも疑問になってくる。

余は其頃最も熱心なる柳浪先生の崇拝者なりき。今戸心中、黒蜥蜴《くろとかげ》、河内屋《かはちや》、龜さん等の諸作は余の愛讀して措《お》く能はざりしものにして余は當時紅葉眉山《びざん》露伴諸家の雅俗文よりも遥に柳浪先生が對話體の小説を好みしなり（「書かでもの記」）。

其の頃の私の作物は文藝倶樂部などに出したのを見ても分るが、思想、形式、取材共に、悉く其の當時の柳浪氏に模倣して至らなかつたものと見れば宜しい（談話「我が思想の變遷」明42）。

この二つの文章は柳浪入門時に最も近い時点で発表されたものである。前者についていえば、「黒蜥蜴」以下の三作は、明治三八（一九〇五）年に発表された作品で、貧富の差が生じた日清戦争後の日本の社会の悲惨な現実を凝視したいわゆる悲惨小説である。社会の貧しい現実とそこから生じる人間悪を指摘し、主人公に対する世の同情を促したところに柳浪のヒューマニズムがあった。

後者で荷風が「思想」までも柳浪を模倣したといっているのは、やはりそうした柳浪の虐げられた者への同情に共感するところがあったからであろう。

柳浪は「作家苦心談」で自己の創作方法の一つに「人物の言話と擧動のみをかく主義」をあげている。明治四一（一九〇八）年に博文館から刊行された海賀《かいが》變哲《へんてつ》の編に成る『新式小説辞典』の「会話門」の項を見ると、そこに抄録されている作品は柳浪のものが圧倒的に多い。彼の「對話體の小説」に範を求めるのが荷風一人の好みではなく、一般的風潮であったことがうかがえる。

落語家への弟子入り

荷風は「雪の日」（昭19）で「わたくしは朝寝坊むらくといふ噺《はなし》家の弟子になつて一年あまり、毎夜市中諸處の寄席に通つてゐた事があつた。その年正月の下半月、師匠の取席になつたのは、深川高橋の近くにあつた、常盤町の常盤亭であつた」とかいている。この記述を信ずるならばむらく弟子入りは、明治三二（一八九九）年一月である。当時良家の子弟が落語家の弟子となることはあるまじき行為とされていた。通常では考えられない大胆な行動である。「正當なる社會の埒外」へのあこがれはこうした形で表れた。それが「獨斷的專制的」父の気風に対する反逆であったことはいうまでもない。荷風が弟子入りしたむらくは六代目のむらく（本名永瀬徳久）で円朝物を得意とした三遊派の落語家であった。何故彼に弟子入りしたかについては「むらくは圓朝の弟子で圓朝の話しぶりをまねて、塩原多助だの牡丹燈籠だのを高座で演じてゐました。それで、圓朝の話しぶりを窺《うかが》ふには、この人につくのが一番好いやうに思つたのです」と「偏奇館劇話」（大15）で述べている。それが単なる反逆ではなく、真面目な文学修業を意図していたことは「われ講釈と落語に新しき演劇風の朗讀を交へ人情咄に一新機軸を出さん」（「書かでもの記」）としたとか「圓朝の人情噺のやうなものを、自分で口演したいと思った」（「偏奇館劇話」）とかいう記述によってもうかがわれる。また、中学時代に愛読した為永春水への憧憬《どうけい》をそこに見ることも可能である。即ち、中村幸彦の日本古典文学大系『春色梅児誉美《うめごよみ》』解説によれば、春水は文政三（一八二〇）年、三一歳のころに寄席に上がっており、それは思いつきではなく、「彼生涯の志向の一つ」であり、そのデビューは「落語家ではなく、世話種を専門とした講釈師としてであった」という。荷風は春水の事跡にならったのかも知れないのである。

芸名夢之助の荷風は電車もない時分、雪の中を前夜の上り金と後幕とを入れた重い風呂敷包を背負って下谷から品川まで歩いたり、客の来ない閑な時をみはからって一人でおぼえた落語を練習していた。明治三二年秋、九段の寄席富士本の楽屋から顔をのぞかせたところを永井家のお抱え車夫の女房に発見されて、家へ引き戻され、まだ高座に上がる資格を得ないうちにそれは終わってしまった。

初期の作品

荷風は「簾の月」と題した未定の草稿一編を携えて柳浪の門を叩いた、とかいているが、それがどういう作品であったか明らかでない。「青簾」がそれだという説もあるが、両作品は全く別のものらしい。現存している作品の中で最初にかかれたのは「おぼろ夜」（明33発表）である。これは、相場で財産をつぶし、娘を半玉《はんぎょく》に売って行方をくらましていた親が支那人に取り入って、不自由なしに暮らせるようになって、娘の駒次を思い出し、恨みをなくさせ世間体をつくろうために突然むかえにくるが、「其で親が子を賣つた自分の耻《はじ》を全然洗つ了《ちま》ふつて云ふ譯にも行」くものではない、このまま気ままに暮らすことにする駒次を仲間の花助との会話を主に描いた作品である。柳浪の「對話體の小説」を好んだことはこれを見ても信じられる。自分勝手で薄情な親に対してヤケ半分な生き方で反逆する女性が享楽的気分の中で描かれている。

「烟鬼《エンコイ》」（同年）は、阿片中毒のため妻を親元へ引き取られ、身をもちくずした男が、妻の親に阿片をねだったため打ちのめされ、彼をいたわる妻もろとも崩れた石の下敷になってしまうという話で、上海旅行の際の見聞が生かされている。この作品は「新小説」の懸賞小説番外当選作となっている。当時選者の坪内逍遙は「材料の新し」いのがとりえであるとし、尾崎紅葉は「鴉《あ》片癮《へんいん》を書いたのは新しいが其も十分に書いたといふ手柄も見えず、只《ただ》在来の筋へ欲《は》め込んだばかり」と評し、幸田露伴は「つかまへたる題目は新し」といい、四五点をつけている。要するにエキゾティックな面と阿片をとりあげた題材の新しさが買われたのであるが、主人公の妻の父は彼が勢い盛んなころ押しつけるようにして娘をやった、という説明があり、そこに身勝手さへの憤りと弱者への同情が見られる。「濁りそめ」(明33)では、清純な少女が芸者の外見にひかれて汚れた世界へ入っていくプロセスを描いている。後年の「雪のやどり」(明40)はこれを原形としている。

以下、「花籠」(明32。小ゆめの筆名で発表。お屋敷の殿様に強姦された娘の父親が相手と主従の関係にあるため何もできないことを娘の女友達が語るという形式の作品)、「かたわれ月」(同年。お家のために愛する肺結核の妻と別居している男が、家令からお部屋さまをおくことを説かれ、妻への愛情から鎌倉の海で心中する話)、「三重襷《たすき》」(同年。柳浪名義で発表。薄情な主人に虐待され、病死する奉公人と彼に最後までやさしい思いやりと同情を失わない女中との交渉を描いている)などがかかれているが、その中でも柳浪との合作名義で発表された「薄衣《うすごろも》」(明32。死んだ本妻が妾の自分を恨んでいたにちがいないと気をつかっているお袖は、妹に旦《だん》那《な》をとられてしまい、不人情な旦那に妹の行く末を頼んで病死する。翌年妹は旦那の後妻となる)は最後に通俗的な救いがとってつけたように用意されている点をのぞけば、不当に虐げられている不幸な弱々しい女性の位置を描き出しており、この期の習作では最も成功している。

これらの作品は概して観念臭が強く実感に乏しい。しかし、人間の暗黒な面を柳浪を通して学んだことはのちのゾラ受容に役立ったことは想像に難くない。また、「かたわれ月」「三重襷」「をさめ髪」(明33。ヒロインは自分を妾にしようとする身勝手な義父と対立して愛情を守るが、不実な男にすてられて芸道修業の願をかける。むらくの弟子となっていた時の体験が生かされている)には清純な愛が描かれていることが注目される。そうした愛は以後の荷風作品から見られなくなる。「薄衣」以後は官能的色彩が次第に濃くなっているのが特色で、たとえば「小夜千鳥」(明34)は、親の不都合な判断で女郎に売られたお玉が自ら「罪の巷《ちまた》」にもどり「露の長夜を浮れ明」すという話であるが、小夜千鳥のあざやかな模様の浴衣を着たなまめかしいお玉の姿が印象的である。

木曜会入会

明治三三(一九〇〇)年初冬(一説には三二年)荷風は清人羅臥雲《らがうん》(蘇山人《そさんじん》)の紹介で巖《いわ》谷《や》小波《さざなみ》の木曜会に入会した。羅臥雲は眉《び》目秀麗《もくしゅうれい》で日本語を善くし、正岡子規に俳句を学んだが、明治三五年、二二歳の若さで没した。子規は「蝶飛ぶや蘇山人の魂遊ぶらん」という弔句を手向《たむ》けている。荷風は彼について「羅氏俳號を蘇山人と稱す。大清公使館通譯官浙江《せっこう》の人羅庚齢《こうれい》の長子なり。この人或日の夕元園町なる小波先生の邸宅に文學研究會あり木曜日の夜湖山葵《こざんき》山南岳新兵衛《ざんなんがくしんべえ》なんぞ呼ぶ門人多く相集まれば君も行きて見ずやとてわれを伴ひ行きぬ。これ余の始めて木曜会に赴きしいはれなり」(「書かでもの記」)と述べている。こうして木曜会の黒田湖山、生田葵山、西村渚山らとの交友が始まるようになる。入会の動機としては、原稿を発表する場を得ること、新しい仲間から文学上の刺激を得たいと思ったこと、小波に人間的な親しみを感じたことなどがあげられよう。「我が思想の變遷」で荷風は「する中に何うしても其儘《そのまま》では満足出來なくなつて、初めて外國文學を味ひたいと思ふやうになつた。それには當時巖谷小波氏の木曜會に出席し、殊に生田葵山、黒田湖山両君から頻《しき》りに外國文學の趣を説き聞かされたのが、與《あずか》つて甚だ力があつた」とかいている。荷風は鷗外訳の『水沫集』やジョージ＝エリオットとホーソンの作品に接したのち英訳でエミール＝ゾラの作品を読んで「ゾラが舊文藝に對するあの雄々しい反抗の態度が、非常に自分の性情に適したやうに思はれ」ほとんどゾラを通読してしまった、という。

歌舞伎狂言作者見習に

明治三三年六月、荷風は両親に内緒で歌舞伎座の立作者福地櫻痴《おうち》（源一郎）の門下生として歌舞伎座狂言作者見習となった。荷風を櫻痴に紹介したのは「文藝倶樂部」主筆の三宅青軒《せいけん》で、請人《うけにん》には榎本虎彦（破笠）がなった。その際「劇道の祕事樂屋一切の密事」を決して口外しないという証文を提出している。

こうして二二歳の荷風は、毎朝九時頃袴をはいて家を出て、芝居の楽屋へはいるのにふさわしいように近所の出入りの車屋で袴を脱ぎすて、紺足袋を白足袋にはきかえて出かけた、という。厳格な良家の子弟はこうした一種の変装を必要としたのである。当時、作者見習は一番早く出勤して最後に帰ることになっていた。だから荷風は楽屋にはいると部屋の掃除をして、いろりに火を起こし湯をわかし、囃子《はやし》方の到著の太鼓を聞くと木を打ち、幕あき幕切の時間を日記に書き入れ、不時の通達がある折には、役者の部屋部屋、大道具小道具方、衣裳、床山、囃子方など楽屋中もれなく触れ歩き、一日の興行がすむまでは厳冬であっても羽織を着ないで、部屋では巻煙草も遠慮し、来客があればていねいに茶を汲んで出し、草履を揃え、立作者の出頭の折には羽織をたたみ食事の給仕をし始終つき添って働いたのである。拍子木の打ち方や書き抜きの書き方は早川七造（河竹黙阿弥の直弟子）に教わったが、はじめはつなぎの拍子木よりほか打てず、半年ほどたってから、やっと序幕の木を打たせてもらえるようになった。そうした中から「拍子木物語」（明33）「歌舞伎座の春狂言」（明34）「樂屋十二時《とき》」（同年）がかかれたが、それが前掲の証文に反したものであったので櫻痴をはじめ歌舞伎座関係の人々から白い眼でにらまれた。また、秋庭太郎『荷風外傳』によれば、櫻痴は荷風には目もくれず、作者部屋での実際の指導には榎本虎彦と早川七造とがあたり、榎本からはフランス文芸やゾラを教えられ、「ゾラの原書をも借りて讀んでいた」。荷風は歌舞伎座の作者部屋でゾラの原書を読んだこともあったのであろうか。それを想像すると凄《すご》いという感がする。東洋の芸道修業と西洋の思考とがそこに同時に存在していたことになるからである。

明治三四（一九〇一）年四月、櫻痴は「日出國《やまと》新聞」の主筆に迎えられ、榎本虎彦もそれに従ったので、五月、荷風も歌舞伎座を辞職して同新聞の記者となり、最初の新聞小説「新梅ごよみ」を四月から五月にかけて三三回にわたって連載した。発表の前日に「優麗の筆致」と「盡く春水の舊態を模擬したるに非」ざる点に注目されたいという主旨の予告が出されている。ここで荷風は、非人間的な遊里の悲惨さに抗する男性の主人公を初めて設定した。しかし、「案内知つた廓内で開業して、病む娼妓抔《など》から藥代を貪らせ様」とする養家に抗さねばならないと主人公の三二郎は思うけれども、学費を出してもらった義理にこだわらずにはいられない。封建性にたちむかうにはあまりにも弱々しい。「多恨の才子美人の亡骸を送つて箕輪《みのわ》の無縁寺に至り、深夜月黒く雨來る時、其亡き母の塔婆を抱いて遂に自殺するに至る」とは末尾に載せたこの小説の腹案である。荷風が早くから三ノ輪の投込寺に関心を寄せていたことは注意されよう。「新梅ごよみ」は不評のため中絶となった。予告からもうかがえるように、形態は春水の『梅暦』を、内容は柳浪風の悲惨小説をかこうとしたもので、このような形の上での工夫が新しい方向を開くわけのものではなかった。

荷風は九月、突然に社員淘汰《とうた》の理由で「日出國新聞」を解雇されると、歌舞伎座復帰を望んだが敬遠され、フランス語を学ぶため暁星学校の夜学に通った。「書かでもの記」には当時を回想して「わが身をして深く西歐の風景文物にあこがれしめしは、かの卽興詩人月草かげ草の如き森先生が著書とまた最近海外文藝論の如き上田先生が著述との感化に外ならざればなり。わが身の始めてボオドレエルが詩集悪の華のいかなるものかを知りしは上田先生の太陽臨時増刊『十九世紀』といふものに物せられし近世佛蘭西《フランス》文學史によりてなりき。かくてわれはいかにかして佛蘭西語を學び佛蘭西の地を踏まんとの心を起」こした、とかかれている。

荷風のゾラ理解

明治三五（一九〇二）年前後の明治文学には、フランスの作家エミール＝ゾラの文学が積極的に移入された所謂ゾライズムの時代がある。その例として小杉天外『はつ姿』（明35）、同『はやり唄』（同年）、小栗風葉「沼の女」（同年）などがあげられる。荷風もその一人であるが、彼のゾラ理解は一頭抜き出ていた。「ゾラ氏の作 La Bête Humaine」（明35）では「吾人は所謂忌むべき文學として罵られたる此の大膽なる科學的活寫の筆端に於て、始めて、活きたる人生を見能《あた》ふと共に、末世に於ける人類の腐敗に對して激しき恐怖と同情を禁ずる能はざるなり」といい、ゾラの正確な紹介文「エミールゾラと其の小説」（明36）では、ゾラは実験的科学的にあらゆる事項を充分に調査したあとでなければ筆をとらないことや、彼が小説をかく時の苦心は、ただ人物の性格及びその生活の状態に関する調査研究の一事であることにまで理解をのばしている。そうしたゾラの文学を拠りどころとして封建的な既成のモラルに反逆したところに荷風の積極面があった。

荷風のゾライズム作品の第一作『野心』（明35）より一月前に「俳優を愛したる乙女に」（同年三月）が発表されている。ばら子という一五歳の娘が花のような顔をした若い男優の写真を買ってそれを学校の先生に見せるとたちまち「汚《けが》はしや」といって庭の溝へ捨てられてしまう。父親に見せると「恥ぢと云ふ事知らずや」といって火の中へ投げ入れられる。母親は「うつくしきものは多く罪を喜ぶものなり。かかるもの愛ずる子はわが子ならず」という。ばら子は「罪とは何を云ひ給ひしや。うつくしきものゝ罪は又うつくしきものなるべきを。そは、見たきものなり。味はいたきものなり」と考えて、「永久に暗き中に物想ふ」ようになる経過が描かれている。美しきものを愛《め》でることは罪であるとする封建的な既成のモラルに対する抗議がひかえめに、しかしはっきりと記されている。それは「予の二十歳前後」で「規則立つた教育とか、或は個人の立志談とかいふものは、當時の反抗心からして、チットも信じたこともなければ、讀んだこともなかつた。で、その時分のことは、正當な家庭とか、或は正當な教育者とかに對する反感をもつて蔽はれて居たやうに思ふ」と述べていることと符合する。

そうした問いかけは有名な『地獄の花』（明35）の跋文《ばつぶん》にも反映しているように思われる。そこでは「人類の一面は動物的なるを免れない」といい、さらに次のようにかかれている。

人類は自ら其の習慣と情實とによりて宗教と道徳を形造るに及び、久しく修養を經たる現在の生活に於いてはこの暗面を全き罪惡として名付るに至れり。斯く定められたる事情の上に此の暗黑なる動物性は猶如何なる進行をなさんとするか。若し其れ完全なる理想の人生を形造らんとせば、余は先づ此の暗面に向つて特別なる研究を爲さゞる可からずと信ずるなり。

これは、ゾラの『実験小説論』に説かれているところと照応しよう。しかしこれは前述した荷風文学の出発点における独自性をも示している。即ち、「久しく修養を經たる現在の生活に於いて」正当なるものとされている「宗教」や「道徳」が「習慣」や「情實」と同義語としてとらえられているのに対して、正当ならざるものである「暗黒なる動物性」を追求することが「理想の人生を形造」る道としてとらえられ、それゆえに「暗面に向つて特別なる研究」をする必要がある、と説かれている。

新進作家の列に

それではその実作はどのようなものであったろうか。

第一作『野心』（明35）は、旧家で保守的な経営をしている商店の息子箕島《みのしま》光太郎は百貨店風に店を根底から改革することを決心するが、彼の野心は彼の妹のおみよと結婚できないお店者の佐吉の放火により灰燼《かいじん》に帰してしまう、という作品である。吉田精一『永井荷風』はゾラの作品にヒントを得ているが、筋立ては全く柳浪風である、と指摘している。佐吉が「卑屈な不活潑な一種不快な色」をしている理由は「牢獄のやうな流通の悪い空氣の中に其身を閉込め、凡て心と肉とを自由禁圧して居る」（傍点筆者）からだと説明されている。また、旧世代と対立し「平和なる安息を許さゞる終局無き功名心」の持ち主である光太郎に対し、それに批判的な親友島田を置いている。島田は田舎で自然に親しむ生活をしている人物で、時間と規則で縛られるのがなにより辛く、全く商業にむかず、文学方面にむいているのに、家庭が許さない、という彼の一面は作者に似ている。作者は、光太郎をその「功名心」のゆえに認めていないのである。

「闇の叫び」（同年）は、悪徳新聞記者の鞍間が、雇主に辱しめられ妊娠している娘の貧しい家庭を自分の新聞の「成功」のために犠牲にしてのし上がっていく姿を批判をこめて描いている。

「地獄の花」(同年)の主人公常浜園子はかつて自分を暴行した水沢校長に対して「世の人の評判によつて、直に破壊《こは》されたり、直に又取返す事の出來るやうな、然う云ふ、浮々した名譽や地位は、もう決して望ましいとは思ひません。私は自分自身で、自分の心に名譽の冠を戴かさる様な、安心な自由な地位を欲しいと思うて居ります」と決然として言い切る。そしてすごすごと立ち去る水沢の笑止な後姿を眺めていうことのできない気味よさを覚えるのである。この作品には、園子に恋をささやくクリスチャンで文学志望の笹村が、実はいまわしい過去を持つ富豪黒淵長義の妻の愛人であったという暗黒面が強調してかかれている。

この作品は、観念臭の強い作品で、佐々《さっさ》醒雪《せいせつ》主筆の雑誌「文藝界」の懸賞長編小説に応募するためかかれたが、選に入ることはできなかった。しかし、その新鮮さが編集者の認めるところとなり、出版された。原稿料七五円を得たという。そして、明治三六(一九〇三)年春、荷風は市村座で初めて森鷗外に会った。「書かでもの記」でその時の感動を「先生はわれを顧み微笑して地獄の花はすでに讀みたりと言はれき。余文壇に出でしよりかくの如き歡喜と光榮に打たれたることなし」とかいている。まだ電車がない時分のことであったが、その夜、一人下谷からお茶の水の流れにそって麹町までの道のりも遠いとは思わず、楽しい未来の夢をさまざま心の中に描きながら、歩いて家に帰った、という。

こうして「文藝界」「新小説」「文藝倶樂部」などに原稿を持ち込んでも三度に一度位は買ってもらえるようになった。「どうやら斯《こ》うやらわれも新進作家の列に數へられるやうに」なったのである。

同年一〇月の「新任知事」もそうした作品の一つで「文藝界」に発表された。立身出世のためには、虚偽、権謀、阿諛《あゆ》、詭弁《きべん》などあらゆる手段を選ばない似たもの夫婦の並河泰助・縫子が目的を達し、ある県の新任知事の地位を得るがまもなく夫婦共病にたおれる、というもので「榮華を好む娘の性情」は、「全く父の遺伝に因る余儀ない結果である」と説明されている。この作品は、荷風の叔父阪本釤之助をモデルとしている。釤之助が福井県の知事となった時、登庁するとみんながくすくす笑っている。きいてみると甥の荷風というのが自分のことをかいているというので早速取りよせて読んでみると実にけしからん悪口がかいてあった、とのちに釤之助が自ら語ったことが伝えられている（成瀬正勝「荷風とやつし」による）。このため釤之助と荷風とは絶縁となり、ついに仲なおりすることはなかった。

既成の倫理への反発と自由への希求

その当時は持ち込み原稿を買ってもらってもなかなか活字にしてもらえず、早くて三月、遅ければ半年も発表の運びとならなかった。そこで荷風は『夢の女』三〇〇枚をもてあまし、原稿料なしの条件で蒲原有明を介して新聲社（のちの新潮社）から出版してもらった。この作品の主人公お浪は貧しい岡崎藩士の子に生まれ、小間使・妾・芸者・待合の女将と身を落としていく。国元からよびよせた妹のお絹が出奔した時父から、お絹は田舎にいさえすればどこへも行きはしなかった、おまえも田舎へ帰るがよい、といわれて打撃を受ける。「運命の支配する怪しき力」を彼女が感じた時には、病身の父は死に、その埋葬の日には雪があらゆるものを埋めつくすように降っていた——というように不幸な女性の半生を描いている。他のゾライズム作品の女性が地女であるのに比してここでは従来手がけた世界に女性の主人公を放っているため、観念臭を脱した、しみじみと共感や同情がこめられた作品となっている。吉田精一はゾラの『居酒屋』の影響があることを指摘している。

「夜の心」（明36）は、孤児で、親切な叔母に養育された幾枝が、叔母が死ぬ際にその息子で病身の東助と結婚してくれるようにたのまれるが、玉塚という恋人がある彼女は、義理と情とに苦しんだあげく、東助と結婚し、玉塚を実際の夫として以前のとおりに秘密の会合を続けようと考えるといった作品。幾枝がハイカラな女性として設定されているのは、彼女の仲間が「讀賣新聞の小説見た様だわねえ」といっているところからもわかるように小杉天外の『魔風戀風』（明36）を意識したものであろう。しかし、この作品の内容上のヒントはゾラの『テレーズ・ラカン』（一八七三）によっている。なかでも「夜の心」の菊枝は「日向に出て遊ぶのが何よりも愉快」な女性であると記されており、『テレーズ・ラカン』の女主人公は「わたしは外の空気がたまらないほど好きなんです」

（大西克和訳）と述べている。荷風はさらに菊枝の心情を「人は元より自由なる可き身躰を、其の思ふ様なる廣き花園には生まれ得ず、窮屈な世間に生れ出た以上には、到底神様の様に、底の底まで清かなものでは有り得べき筈が無い。若し、少しの僞りなく見た有りの儘《まま》のものであるならば、其れは人と云ふよりは、何時でも美しく坐つた儘なる人形で有るだらう」とかいている。そこには儒教倫理から解放されて「思ふ様」に「廣き花園」に生きた身を遊ばせたい荷風自身の自由への志向が投影されている。菊枝の造形の新鮮さは当時の文壇の一部から注目されるところとなった。中村星湖は当時を回想してこの作品には「今迄の箱入り娘風な日本の女とは違つて、どこかに、コンベンションを破つた、放縦な生活をして行きさうな女が書いてあつた」（「藝術家らしき藝術家永井荷風氏」明44）と述べている。

「燈火の巷」（明36）は、富豪の父の金権主義と相入れない洋行帰りの鶴元龍太郎が若い継母の杵子と親しく話す、「繼母であると云ふ嚴格な差別」が取り去られるのを感じ、二人で燈火の巷を散歩するうちに杵子は「胸は譯もなく波立ち、兩の頰は妙に熱する様な心地」になるのを覚える、という作品。龍太郎は地位や権勢を無価値と見、それを父から強いられることを苦痛に感じている。また、杵子は「女の身はただ何事にも柔順でなければいけない」という母親の遺言を守って安堵《あんど》できる生活をしているがそれによって「無理に自分を慰め」ている女性として描かれている。

こうして見てくると荷風のゾライズム作品は、既成の倫理への反発と同時に自由への希求が官能的な色彩を伴って悲惨小説時代よりもさらに高められ、思想化されていることがわかるのである。

モーパッサンへの接近

それでは荷風のゾラ受容は正確であったかというとそうとは断じられない。たとえばゾラの『ナナ』の抄訳「女優ナナ」(明36)は、ストーリーを伝える点ではかなり手際よくまとめられているが、「場末街のどぶどろから飛びたった蝿は、社会を腐敗させる黴《び》菌《きん》を運び、ただ男たちの上にとまるだけで、彼らを毒したのである。それは良いことであった。正しいことであった」(川口篤・古賀照一訳)という大切な点を伝えるニュアンスに欠け、その広告文にある「浴後裸體の『ナヽ』が姿見に對して化粧しつゝ、老伯爵を悩殺するの一段」に濃い嗜好が感ぜられる。また『戀と刃』(同年)の原典『獣人』は極めてショッキングな事件の続出であるのでそれに眼をうばわれがちな作品であるが、支配者の権力維持の醜悪さを描き出している。荷風のそれはその面を伝えていないばかりでなく、原典では「彼は拳を振り下した。ナイフは彼女の詰問を喉に釘附けにした」(川口篤訳)となっているところを「閃く小刀をぽつちやりした、乳の上へグッサリ突通した」と変更して、ことさら刺激的興味をあおっているのである。

ここからうかび上がってくるのは好色趣味なのであって、それがモーパッサンの作品への接近を容易にしたことは疑いを俟《ま》たない。「葡萄棚《ぶどうだな》」(大7)で荷風は、二〇歳のころ浅草の銘酒屋の小娘に袂を引かれた時の体験を「やがて女はわが身を送出でゝ再び葡萄棚の蔭を過ぐる時熟《みの》れる一總の取分けて低く垂れたるを見、栗鼠《りす》のやうなる聲立てゝわが袖を捉へ忽ちわが背に攀《よ》ぢつ。片腕あらはに高くさしのべ力にまかせて葡萄の總を引けば、棚おそろしくゆれ動きて、虻あまた飛出る葉越しの秋の空、薄く曇りたれば早やたそがるゝかと思はれき」と語り、そのころから友人に教えられてモーパッサンの短編小説を読み始めているうちに、曇った日の葡萄棚のありさまがなんとなくかの文豪（モーパッサン）が好んで筆にするパリのアヴァンチュールの中にもありそうな心地がしてついに忘れられない事の一つとなった、とかいている。数え年二〇歳といえば柳浪の門下生となった年であるが、荷風はその前年から吉原に遊んでいる。

この当時かかれたモーパッサンの影響が著しい作品としては瀬沼茂樹の指摘にもあるように「すみだ川」（明36。高名な明42発表のそれではない）があげられる。そのストーリーは、芸者の小糸がまだ一本になったばかりのころ、女のような白い顔をした若旦那と深い仲になり、美しい月の光が照し出す隅田の夜景にうたれているうちに、恋の夢に酔っている二人は、悲しいさまたげが起ったというわけではないのに「烟の様な遠い氣掛りと心遣ひ」を覚え、夢見るように水の中へ死の旅立をしようとしたことがあった、という回想を物語るというもの。小糸の同輩の小鶴が「死神ぢや無い。それァお月様の所爲だよ」というところは、明らかにモーパッサンの短編「月光」の「あたしたちが恋をするのは、男性ではなくて、恋そのものだということもよくあることなのよ。そして、その晩は、月の光が、おねえさまの真の恋人だったんですわ」（青柳瑞穂訳）というところと符合しよう。

荷風が自己の資質に目覚め「何處か窮屈に思ひながらも矢張囚はれて居たゾラの主義から脱して、兎に角自分は自分だけの感じた所を無頓着無忌憚《きたん》に書き現はすやうにな」るのは次章に述べる外遊においてである。

洋行時代

アメリカへ

荷風は、明治三六（一九〇三）年九月二二日、日本郵船の汽船信濃丸で横浜港を起ち、アメリカにむかった。これは父久一郎の計らいによるもので、「將來日本の商業界に立身の道を得せしめんが爲め學費を惜しまず」（「西遊日誌抄」大7）久一郎は二四歳の道楽者の長男をアメリカに旅立たせたのである。荷風は「子たるもの其恩を忘れて可ならんや」とかいているが、彼の志望はもとより「商業界に立身の道を得」るところにはなかった。「西洋劇の舞臺を看ん事を欲した」とあるようにそれは文学修業――とりわけゾラやモーパッサンを生んだフランスの地を踏むところにあった。出発当初からこのように「正當」な道を息子に歩ませようとする父親の意志と、文芸がさげすまれていた当時「正當」でない文学の修業のために外国に渡ろうとする息子の意志との間には大きな隔たりがあったのである。洋行時代の日記をのちに再編成した「西遊日誌抄」はその葛藤を如実に示している。

さて、荷風が最初に滞在したのはアメリカ西部最北のタコマである。荷風は一〇月七日にシアトルに着き、父の知人で古屋商店主の古屋政治郎に会い、その世話で同商店タコマ支配人の山本一郎という人の家の二階に落ち着いた。太田三郎『近代作家と西欧』(昭52)はこの点を調査し次のように伝えてくれている。

山本一郎の家は南タコマ街七二五にあり、当時としては立派な木造二階建だった。現在でも附近の住宅とくらべてとくに見劣りするほどでもなく、ただ古めかしいだけだ。当時の日本移民はほとんど独身の男であって、数十名ほどの日本女性はメイドか酌婦のような女たちだった。日本人で一軒の家に住むのは山本一郎のような格別に収入が多いごく少数の者にかぎられていた。一般の日本人は家族持ちでも下等アパートの一室に住むか、または一軒を数家族で借りるという有様、労働移民はビルの地下室にごろ寝をしていたという。それ故、荷風は日本人としては最高級の生活をしていたことになる。

そうした生活ができたのも父の配慮によるのであるが、息子の関心は実業にはむけられず、文芸にそそがれていた。荷風が毎日のようにブロードウェーにある古屋商店支店に足を運んだのは実業の勉強のためではなく、日本から輸入された食料品や雑貨と共に並べられた日本の雑誌・書物に眼を通して、日本の文壇の動静を知るためであったし、聴講生としてタコマースティディアムーハイスクールにフランス語初歩を学んだのもフランス文学作品を読むためのみならず渡仏の機会に備えてのことであったろう。あまり通学しなかったらしいが、太田三郎の調査によれば八八点をとっている。

荷風は天気のよい日にはタコマの市街や公園を散歩した。街の静かさは好もしかったし日系移民がタコマ富士とよんでいるレーニヤ山の眺めも美しい。しかし木々の梢が半ば黄ばみ早くも初冬を告げているのを眺めるにつけてもある焦りを感ぜずにはいられなかった。それは創作の筆が進まないことであった。ある時、荷風は在留日本人の労働者の葬式に行き、その実に哀れな姿を見た。その労働者は鉄道にひかれて無残な死をとげたのであったが、誰も引き取り手がない。在留日本人の社会の有様は悲惨極るものばかりである。居ながらにして在留日本人労働者の現実を見た荷風は「出稼労働者だとか醜業婦だとか云ふものゝ生涯は何の技巧を施さずとも已に小説をなして居る」（明37・2・27生田葵山宛書簡）と感じた。そして、悲惨な生活にあえぐ日本人労働者を題材とした「舎《シ》路港《アトル》の一夜」（明37）、「夜の霧」（同年）、「牧場の道」（明39。初出題名「強弱」、刊行時題名「野路のかへり」）の三編を発表した。「夜の霧」には「余は屢泰西の作家の描きつる、労働者の怖しき生活……殊更《ことさら》にゾラのラッソンモワルを思ひ浮べざる可からざりき」と記されているが、ゾラのそれと比べてこれらの作品はいずれも暗黒な社会の報告書を作るという範囲を出ずに終わっている。こうした中でもフローベル、ゴーチェ、メリメ、モーパッサン、バルザック、ドーデーなどの短編小説を耽読して生田癸山に「まだ日本の文壇には譯されていないでゐる好いものが澤山ある」（前出）と書き送っている。

荷風にはアメリカ人は実世間の成功熱にかられているように思われた。そして、自分のように文学的研究をしようとする者には「アメリカは甚不便不適當である」と述べている（前掲）。荷風の心がフランスに向けられていたことはここからも察せられる。

また、このころから荷風はオペラに関心を寄せ、それに関する書物をニューヨークへ注文している。ちょうどドイツのワグナーの楽劇がアメリカに流行した時であったのである。

「ゾラはあまり極端だ」

明治三七（一九〇四）年一月五日の「西遊日誌抄」には次のような注目すべき記述がある。

亞米利加に來りてより余が胸裏には藝術上の革命漸く起らんとしつゝあるが如し。近時筆を執れども一二行すら滿足には書き能はざるは蓋《けだし》此の如き思想混亂の結果たらずんばあらず。余はゴーチェーの如き新形式の傳奇小説を書きたしと思ふ念漸く激しくなれりと雖も未だ其の準備十分ならず徒に苦悶の日を送るのみ。余は從來書き來れる言文一致の形式につきても亦大なる不滿足を感じ出せり。身海外に在るが故にや近頃は何となく雅致に富める古文の味忘れがたく行李《こうり》を開きて平家物語榮華物語なぞ取出し獨り爐邊に坐して夜半に至る。

フランスの作家ゴーチェは高名な『モーパン嬢』の序文で「眞に美しいものは、何の役にも立てないものばかりだ。有用なものはみんな醜い」(田辺貞之助訳)とかいている。先に見たように文学上の出発時から反実利性を強くいだいていた荷風がそうしたゴーチェの作品に共感したのは自然である。今、荷風は自分の作家としての資質に気づき始めているのである。アメリカの地に在って今更のように「雅致に富める古文の味」を再認識した彼が『平家物語』を読み、「つまらぬ名譽心にかられて源平の戰争をするのは馬鹿〻〻しい。京都に殘した美人の妻と呑氣に暮らす方がよい」(明38・4・1付西村恵次郎宛書簡)という維盛像を構想(発表は明43、「平維盛」)していることでもそれは知られる。

さらに荷風は明治三七年二月二五日付黒田湖山宛書簡で姉崎嘲風の『復活の曙光』(明37・1)を弟貞二郎から送られて読んだが「非常に得る處があつた」と述べている。その書には科学万能主義を排することや「國家の爲にを名として、個人を迫害して顧みず、商工利益の爲には修養練達を妨害し、其極今や文明の子等が其の文明の弊に苦しめられつつある」ことなどが指摘されていた。

そして、明治三七年四月二六日付生田葵山宛書簡では「ゾラはあまり極端だよ。然しモーパッサン、ドーデーあたりの筆つきは僕の摸せんとする處だ。僕には到底僕の性格上トルストイや何かの様な沈痛暗鬱な作物は書けやう筈がない。佛蘭西的の華やかな悲劇が僕には一番適して居る」と述べている。

明治三七年一〇月八日、荷風はセントルイスで開かれた万国博覧会を見物するためタコマを去った。ちょうど古屋商店のシアトル本店の支配人、望月音三郎らも出かけるので好都合だった。日記には「愴惶《そうこう》旅装をとゝのへてタコマを去る」とある。あわただしい出発は、タコマでの生活を切り上げるべき時期がきていることを示している。

「静寧」なカラマズー

同月一三日、セントルイスに到着、見物したのち、単身で二四日にカークウッドという小さな村落に移った。そこはセントルイスの喧騒とはちがって、牛や鶏の鳴き声がのどかに聞える別世界で、ミシシッピー河の雄大な光景や夕陽がオークの紅葉に映ずる有様はなんともいいようがなかった。この地で荷風は信濃丸の船上で知己となった美術志望の青年今村次七から画家白滝幾之助を紹介された（武田勝彦『荷風の青春』による）。荷風は白滝から西洋画の知識を得た。

カークウッドに約一ヶ月滞在したのち、荷風はミシガン州のカラマズーという美しい寒村にあるカレッジに入学することにした。初めは南下してフランス人が多く移住しているルイジアナのカレッジに入学しようと思ったがそこは健康によくないと止められて逆に北に向かうことになったのである。カラマズー到着は一一月二二日で、日記には「此地は寒氣甚しく夜は殆ど骨も凍るかと思はるゝばかりなり」と記されている。太田三郎の調査によると荷風が下宿したのはエルム通一二一であちに墓地の近くのウッドワード通一一四に移った。カラマズー・カレッジには一一月二八日に聴講生として入学手続きをしている。フランス語の成績は、秋八七点、冬八〇点、春八四点（鶴田義一「カラマヅーに荷風の跡をたずねて」による）で好成績だった。また、芸文学会で日本の演劇について英語で講演したり、尺八を独奏したこともあった（武田勝彦『荷風の青春』による）という。一二月三日の日記には「今日となりては稍《やや》寒さにも馴れ、衣香扇影うつくしき都會の夢も漸く心より消失せて靜寧《せいねい》極りなき雪ごもりの生活却りて樂しくなり行けり」とある。カラマズーでの生活が「靜寧」な一種の内省的な期間であったことが知られる。

明治三八（一九〇五）年一月二日の日記には「旅順口陥落の報あり」とだけあり、荷風は何ら感慨を記していない。一月二七日には、父久一郎が郵船会社の用事でシアトルに来たが数日前再び帰航の途についたこと、書簡の終わりに七律の漢詩が置かれていたことが記されている。息子の身を案じた久一郎が会うことができず残念な気持をいだいて帰国したのは確かである。荷風がやむをえない事情で父と会えなかったのか、意識的にそれを避けたのかは不明である。ただここでも荷風は何ら感慨を述べていない。

娼婦イデス

六月一五日には、学校が暑中休暇となったので、ペンシルヴァニア州のキングストンにいる今村次七を訪ねるためカラマズーを去り、キングストンに二週間ほど滞在したのち、六月三〇日、ニューヨークに到着した。そこで荷風は白滝幾之助と再会し、またニューヨーク領事館員をしている従兄の永井松三（素川）を訪ね、フランスに渡ってその国の文学を学ぶことを相談した。素川はこれに賛成して、約二週間のちにワシントン日本公使館で臨時の手伝いを求めていることを知らせてくれた。日露平和会議（ポーツマス会議）が開始され、手伝いが入用となったためであった。七月一九日、素川の世話でワシントン日本公使館の三階に住み込み、雑用を手伝うことになった（木村毅の調査によれば新聞記事の翻訳も担当した、という）。フランスにむけて第一歩を踏み出した荷風は七月二〇日の日記にめずらしく「終日欣然《きんぜん》として働きたり」とかいている。ところが八月二九日には、

　家書に接す。父は予の佛蘭西行にはいかにするとも同意しがたき旨申來れり。噫《ああ》父と余との間には何事も同意せられざるなり。失敗と失望とに馴れたる予は今更に何の驚き歎く事あらんや。余は早晩華盛頓《ワシントン》を去らば身を紐育《ニューヨーク》の陋巷《ろうこう》に晦《くら》まし再び日本の地に歸る事なかるべし。

ということになる。「西遊日誌抄」には以後異常なまでの緊張感が表出されている。そうした荷風の前に現れたのがイデスという女性である。彼女は九月一三日の記述で初めて登場する。「一酒舗の卓子にカクテール傾くる折から不圖《ふと》わが傍なる女の物云ひかくるがまゝに打連れて」云々とあるその女性がイデスである。荷風がその生涯を通じて愛したただ一人の女性であるともいわれている

イデスとの出会いが、荷風の強い失意の時になされたことや彼女が娼婦であったことは、二人の交渉の性格をかなり明らかにしている。荷風にとってイデスは「失敗と失望」の気持をやわらげてくれる相手であり、「身を紐育の陋巷に晦ま」すのにふさわしい相手であると同時に何時でも交渉を絶つことのできる相手なのである。「西遊日誌抄」を見ると「家書に接」したあとに、必ずといってよいほどイデスが登場している。

一〇月一六日、日露平和会議の終了に伴って一〇月一ぱいで公使館の仕事を離れることになった。荷風がイデスに別れを告げると、彼女はしばらく無言でただ腹立たしげに細い靴の先で落葉を蹴っていたが、「一日に必ず一度來て下さいね」といって荷風の胸に顔を押しあてた、という。日記には「異郷の街の旅より旅にさまよひ歩みて、將《まさ》に去らんとする時この得がたき戀に逢ふ」とある。

ニューヨークの魔窟

一一月二日、ニューヨークにもどったが、これといった職を得られず荷風は再びカラマズーに行き、墓地に近い農家の二階を借り、ランプの光で読書した。二四日、父からの手紙がニューヨークから転送されてきた。そこには正金銀行ニューヨーク出張店の事務見習員となるよう指示されていた。商業の道にうとい荷風は茫然とした。一二月七日、素川の忠告により正金銀行に入った。翌日の日記に「余の生命は文學なり。家庭の事情已むを得ずして銀行に雇はるゝと雖余は能ふかぎりの時間をその研究にゆだねざる可からず」と決意のほどをかきつけている。また、翌年八月になるとニューヨークの炎暑は忍び難く、今はフランスの芸術のみならず、その風土を慕う心が日ましに烈しくなっていく、と述べている。

ニューヨークに在って荷風がかいた作品は、カラマズーの風土を背景に清純な愛情関係と身勝手な好色とを対比した「春と秋」(明40)、官能の世界をあつかった「長髪」(明39)、素人の女性が水商売の女性に変貌していくプロセスを描いた「雪のやどり」(明40)、ニューヨークの陋巷を描いた「夜半の酒場」(明39)、ボードレールやヴェルレーヌへの接近を示した「落葉」(明39稿)、モーパッサンの影響が認められる「林間」(明39稿)、タンホイザーの歌劇を主調とした「舊恨」(明40)、モーパッサン風のあかぬけた作品「寢覺め」(明40稿)、ボードレールへの共感を示した「ちやいなたうんの記」、その世界の生態を描いた「夜の女」(明40稿)、燈火の美妙な感興を語った「夜あるき」(明40稿)、封建的な父親を批判的に描いた「一月一日」(明40稿)と「曉」(明40稿)、醜悪な在留日本人の生活を描いた「惡友」(明40稿)、恋の甘美な哀傷をうたった「六月の夜の夢」(明40稿)の一五編である。それらの作品中五編は故国に送られ、「太陽」「文藝倶樂部」「文章世界」に発表された。そしてこれらを含めた全部で二一編の作品を収めた『あめりか物語』は明治四一(一九〇八)年八月、博文館から刊行され、大きな反響をよぶこととなる。

明治三九(一九〇六)年六月二九日、荷風は「文學者たるべきことを許さぬ」という家書を見、異郷に放浪の一生を送ろうとさえ思った。七月にはイデスが荷風を追ってニューヨークに到着した。荷風は小説のなかの人物となったような気持がすると共に「今余の胸中には戀と藝術と夢との、激しき戰い布告せられんとしつつある」ことを感じた。しかし、パリの都を訪れられない失望が、彼を娼婦イデスに近づけたことを考えれば、フランス行が実現されるにしろ、日本によびもどされるにしろ、イデスが置きざりにされる運命にあったことは明らかであった。

荷風にとって銀行の事務よりも苦痛なのは銀行の業務が終わったのち、銀行員との交際を強いられたり、日曜日毎に頭取の社宅に御機嫌伺いをしなければならないことであった。このような苦痛を忍んだのちには、チャイナタウンの魔窟に出かけている。そこは実社会の失敗者が集まっている場所である。荷風は、「醜惡慘澹たる生活を見て戰慄すると共に又一種の冷酷なる慰籍を感ずる」とかいている。「人生を通じて深き涙を催す」とも述べている。そこはボードレールの『悪の華』にうたわれた世界と同化し得る場所であり、現実とは違って美なるフランスに通じている場所なのである。

夢の実現

明治四〇（一九〇七）年七月二日、荷風が銀行に出勤すると、支配人からよび出しがあった。すぐこれは解雇されるに違いないと思って行ったところ、意外にもフランスのリヨン出張店に見習雇が一名必要となったので直ちにそちらへ転勤せよ、との命令である。荷風はそれが父の斡旋《あっせん》であることを知らされ、「感激極りて殆ど言ふ處を知らず」と素直に日記にかきつけている。

七月九日、荷風はイデスと別れの杯を汲みかわした。日記には「此の夜の事記すに忍びず。(中略) あゝ然れども余の胸中には最早や藝術の功名心以外何物もあらず、イデスが涙ながらの繰言聞くも上の空なり」とある。また、明治四〇年七月九日付西村恵次郎宛書簡には「僕がフランスに行く事を聞いて、其れまでは深くかくして居た胸の祕密を打明けて呉れたイギリス生れの少女がある。僕は其の少女と毎夜田舎の森海邊を歩み、唯だ涙に暮れて居る」とある。おそらくこの少女が「六月の夜の夢」のロザリンにあたるのであろう。そこには「二人は今此處で別れては何日《いつ》又逢ふか分らぬ身と知りながら——一瞬間の美しい夢は一生の涙、互に生殘つて永遠に失へる戀を歌はん」という一節がある。荷風の恋愛観も独居の思想もここを起点としており、この考えを荷風は終生変えることはなかった。こうして荷風は七月一八日午前九時か一〇時ころフランス汽船ブルターニュ号に乗ってハドソン河口の波止場からフランスのルアーヴル港にむかった。リヨンは南部の地であるから、ゾラやドーデーの故郷にも近い、パリを過ぎる折には一度は「ナナ」のような女性が歩いた往来の敷石を自分も歩くのだ、そう思うと胸がはずんだ、という。

フランスの印象と銀行辞職

明治四〇（一九〇七）年七月二七日夜一〇時、荷風はルアーヴル港についた。そこはモーパッサンの「情熱」や「ジュール叔父」『ピエールとジャン』などの作品に描かれたところなので実際の景色と見比べたいと思ったが、それと思われる景色は見あたらなかった。そこからパリに至る鉄道はゾラの『獣人』の舞台となっているので一層注意して窓から首を出して見たが、また意外の感に打たれねばならなかった。荷風はこのようにゾラやモーパッサンを通してフランスの景色を見ようとしている。太田三郎の指摘にあるように「憧憬の対象として理想化したフランスが荷風にはあった」（前出）のである。

翌二八日正午、パリに入った。サンラザール駅のプラットホームへ出ると、そこは雑踏はしているがニューヨークとは全く違っている。「人間が皆なゆつくりして居る。米國で見るやうな鋭い眼《まなこ》は一ツも輝いて居ない。後から旅の赤毛布を突飛して行く様な無慈悲な男は一人も居ない」（「船と車」明40稿）――これが荷風のパリでの第一印象であった。こうしたところに文明の一つの基準を見ようとするのが荷風文学の一つの特色なのであって、この感慨はのちの作品にも形を変えてくり返して述べられている。

パリで一泊して荷風は三〇日午前三時半にリヨンに到着した。リヨンは古都で一五世紀から繊維産業都市として知られ、サン-ジャン寺院の一帯には一二、三世紀ごろの石造建築も見られる。そして、中心地は男性的なローヌ河と女性的なソーヌ河にはさまれている。

荷風が下宿したのは太田三郎によればヴァンドーム街のサン－ポータン寺院の付近で、そこからラルブル－セック街一九番地の正金銀行出張所までは徒歩で二、三〇分位の距離であった。リヨンでの生活は明治四〇年一二月一一日付西村恵次郎宛書簡に「連日銀行に出なければならないので、此れが何よりもつらい。僕は西洋に居たいばかりに、ふなれなソロバンをはじき、俗人と交際をして居る。然し一度び、夕暮と共に銀行を出れば、僕は全く生返つた様になつて直ちにカッフェーに赴いて音樂を聞くのだ」という記述に端的に現れている。武田勝彦によれば、久一郎が頼りにしていた相馬頭取が引退し、高橋是清が就任してから種々の改革がなされたことが荷風を一層憂鬱にしたらしい。フランス人と交流しその生活を知った荷風の関心が芸術のメッカであるパリにむけられていたことは想像するに難くない。パリの地を踏む前に銀行を解雇され帰国を余儀なくされることは荷風の最も恐れたところであったろう。「西遊日誌抄」の明治四一（一九〇八）年正月元旦の記述は「わが愛する佛蘭西の最初最終の新年にはあらざるか」とあり、さらに同日の備忘録には「到底永く堪えられるべきでない、歸國か、自殺か？」とある。そして、永井素川に計った上で、二月一日、銀行辞職の決意を述べた手紙を父に送っている。つまり、自分から銀行をやめたのである。銀行から解雇の通達がきたのはそれから約一ヶ月のちの三月五日のことであった。ところが同月二〇日、父から手紙が届き、そこには荷風が独断で辞表を出したことを難じ辞職願を取り消すよう勧め、万一帰国と決めたならば日本郵船の特別三等で帰国せよ、運賃は帰着後に支払うが、私費フランス滞在は不同意であるから支給しない旨が記されていた。同日の日記には「いよ〱歸國すべき運命は定められたり」とある。帰国の決意はゆるがぬものとなっていたが、こうした父の手紙に接すると今さらのように悲しさがこみ上げてくるのを感ぜずにはいられなかった。

三月二八日、荷風はもう一日リヨンに止まろうかと思ったが意を決してパリ行の切符を買った。パリに到着したのは夜半一二時であった。

こうした銀行辞職の意味を中村光夫『荷風の青春』（前出）は、翼に自信のできた「子雀」＝荷風が、「心を繋ごうとする」親雀＝久一郎の「道徳の縄」を捨て去るところに見ている。

パリ滞在

三月三〇日、荷風はモンソー公園を散歩した。そこはモーパッサンの石像が立っているところである。その感慨を荷風は「私はどんな事をしてもフランスへ渡り、先生のお書きになつた世の中を見たい。この望みが遂げられない中は親が急病だといつても日本へは歸るまいと思つてゐました。此の一念が大西洋を前に控へた紐育の商業街に私を引止めてゐたわけであります。」「私は先生のやうに發狂して自殺を企るまで苦悶した藝術的生涯を送りたいと思つてゐます。私は先生の著作を讀み行く中に怪しきまでに思想の一致を見出します。」「愛と云ひ戀と云ふものもつまりは虚僞の幻影で、人間は互に不可解の孤立に過ぎない。その寂寞《せきばく》に堪へられなかつたらしい」と述べている（「モーパッサンの石像を拝す」）。モーパッサンの作品から読み取ったこの虚無的

モーパッサンの石像
（『珊瑚集』より）

な人間観は特に帰国後の荷風文学に強固に根を張っていくことになる。また、明治四一年四月一七日付の西村恵次郎（渚山）宛書簡ではゾラとモーパッサンとの相違にふれて、ゾラの作品は精密極まる写実にもかかわらず人物や景色が実際のそれより「ゾラの書いた人物や景色」であるという感じを脱し得ない。これに対して、モーパッサンの短編は「直ちに自分が目に見る生きた人生で、簡単な物語の中に無限の悲み《ママ》が含つて居る」と述べている。こうした荷風のモーパッサン観はかなり正確な読みではなかったか。たとえばピエール＝マルチノーは『フランス自然主義』でモーパッサンはゾラよりもはるかに自然主義の世代を代表する作家であると断じ、「彼は現実にたいする世紀末の趣味と、不完全で悲しいものと判断された現実の前での不安とを表現したのである」（尾崎和郎訳、昭43刊、傍点筆者）と指摘しているのである。

荷風のパリでの生活（スフロー街九番地のオテル－スフローに滞在）は、昼はリュクサンブール宮殿やモンマルトルの墓地（デュマ－フィス、ゾラ、ハイネ、ドーデー、ゴンクールなどの墓がある）を尋ね、夜は音楽（主としてオペラ）鑑賞、観劇にあてられた。前掲西村渚山宛書簡には「巴里《パリ》のオペラと芝居は殆ど一通見盡した」とある。アメリカでは二人ばかりの名優がいるだけで他はずっと見劣りがしたのに対してパリではどの芝居へ行っても皆上手で「全体として進歩」していることに驚かされた。

沢山の寄席の中で荷風が特に足を運んだのはトゥールノン街六番地にあったコンセールルージュ（小紅亭）で、そこは、腕のたしかな小さなオーケストラによる演奏を、飲食しながら楽しめる気軽な小亭だった。ドビュッシイなど新しい管弦楽やオペラが毎夜演奏され料金も安かったので繁昌していた。五月のある夜、荷風はそこで初めて上田敏と顔を合せた。上田敏がイタリアからパリに来ていることを荷風は知ってはいたが宿泊先もわからず紹介者のつても得られずにいたのだった。その夜は未知のままに終わってしまった。次の日、荷風はサンージェルマンの四ツ角にある珈琲店パンテオンで手紙をかいていたが、ふと顔を上げると向う側のテーブルに見知った二人の日本人がいる。学生時代の旧友、瀧村立太郎（外国語学校教授）と松本烝治であった。この二人の紹介で上田敏との交わりが開けた。「わかい面白い人」というのが上田が荷風から受けた印象だった。

荷風のパリ滞在は三月二八日夜から五月二八日までの二ヶ月である。前掲の西村渚山宛書簡で荷風は「巴里滞在は文學家として僕の生涯で一番幸福、光榮ある時代であらう。僕もさう承知して、目ざましく活動する覺悟であるが、自分は折ゝ云ふに云はれぬ寂寞を感じて、やるせがない」と述べている。この「寂寞」には帰国後芸術家として自立することができるだろうかという問題にせまられていたことが反映している。パリ到着の日の日記に「デジョンを過ぎて、後日暮るゝや、余は歸國後の事など思ひ出でゝ悲しさ限りなし」とある。帰国後どうするかという問題が特にパリ滞在期において強く意識されていたことは別離を前提としてパリを眺めていたことを意味している。

それでは文学上どういう方向に進もうとしていたかというと、「我が思想の變遷」に、「クラシックの土臺の上に立つた文藝でなくては、何うしても正確なる人生の見方を爲し得るものでないと思ふ。これは單に私一個の考へのみではなく、ゾラ以後に起つた象徴主義の文藝を見ても直に解る事だが、それ等は一方に於て新方面を開拓して行くと同時に、他の一方ではクラシックを尊重する事も亦一通りではない」と述べている。単に文芸のみに限らずこのクラシックを尊重する精神を学んだことはフランスにおける最大の収穫であった。また、荷風がフランスに到着した時、既にゾラの時代は過ぎ、象徴主義の時代に入っていたことがわかる。その例として荷風はジャン＝モレアス、アンリ＝ド＝レニエーをあげているが、特に後者は荷風文学に影響するところが大きかった。以上のことと頻繁なオペラ通いとは決して無縁ではなかった。即ち、明治四一年二月二〇日付西村渚山宛書簡で「自分は文章詩句をある程度まで音樂と一致させたいと思つて居る。言辭の發音章句の朗讀が直に一種神祕な思想に觸れる様にしたい」とその文学上の方向を表明しているのである。これは印象派や象徴派の人々の運動を宣伝した『ワグナー評論』が文学作品に「音樂的表情を含ませ、音樂が與へるのと同様の印象を表現しやうとする新しい傾向」を起こさせた（「西洋音樂最近の傾向」）ことと照応しよう。前出の書簡で荷風は例として、モーパッサンの他にヴェルレーヌ、マラルメ、ロティをあげている。そして、荷風の理解によれば象徴派とは、形式その他の何ものにもとらわれず自由に自己の主観を流露させようとする態度を指すのである（「佛國に於ける象徴派」）。その意味でのちに日本の自然主義の人々が荷風を自分たちと同じ自然主義の作家と見做《な》そうとしたのは誤りなのである。

荷風のパリを去るにあたっての感慨は「巴里のわかれ」に語られているが、そこには「現實に見たフランスは見ざる時のフランスよりも更に美しく更に優しかつた」と記されている。フランス滞在は、幸福な時期であるのに違いなかったが、彼のフランスが美的観念のそれであり、現実のフランスそのものではなかったことは留意されるべきであろう（第二編参照）。

戯作者的姿勢

懐しい感情と自由な感情

明治四一（一九〇八）年五月二八日、荷風はパリを去りロンドンに到着した。同三〇日、そこから日本郵船讃岐《さぬき》丸に乗船し、七月神戸港に到着した。そこには末弟の威三郎が迎えにきてくれていた。その時の印象を荷風は次のようにかいている。「私は一目弟の顔を見ると、同じ血から生れて、自分と能く似て居る其の顔を見ると、何とも云へない殘酷な感激に迫められました。云はれぬ懐しい感情と共にこの年月の放浪の悲しみと喜びと、凡ての活々した自由な感情は名殘もなく消えて仕舞つたやうな氣がしました」（「監獄署の裏」）。

威三郎が久一郎の命を受けて神戸港に兄を出迎えたのである。したがって内田魯《ろ》庵《あん》が伝えているエピソード――「何でも國へ歸つたら一つ親父を吃驚《びっくり》させてやらうと考へた荷風氏は、船から下りて、出迎へに來てゐた父の姿を見るや否や驅け寄り、『お父さん』とか何とか叫んでいきなり抱きついて頬を舐《な》めたといふことだ」（「永井荷風――趣味の第一人者」）というのは誤りである。それでいてこのエピソードは先の「監獄署の裏」の一節に通ずるものを感じさせる。「何とも云へない殘酷な感激」とは何であったか。荷風は次のように説明する。「私はもう親の慈愛には飽々したやうな心持もしました。親は何故不孝な其の兒を打捨てゝしまはないのでせう。兒は何故に親に対する感謝の念に迫められるのでせう。無理にも感謝せまいと思ふと、何故それが我ながら苦しく空恐ろしく感じられるのでせう。あゝ、人間が血族の關係ほど重苦しく、不快極るものは無い。」「人の家の軒に巣を造る雀を御覧なさい。雀の子は巣を飛び立つと同時に、この惡運命の蔭からすつかり離れて仕舞ひます。其の親も亦道徳の繩で子雀の心を繋がうとは思つて居ないらしい」（「監獄署の裏」）。

見ようによってはずい分勝手な言い分とも受け取られようが、荷風が問題にしているのは形骸化した儒教倫理を中核とした血縁から解放されたい、という自由への願いなのである。五年間にわたる海外での生活体験から個人を尊重する精神を身につけているだけにそこには切実な響きが認められる。

『あめりか物語』と『ふらんす物語』

荷風は余丁町の父の家に帰ったが「親があり兄弟があり成功した知己のある身の上が何か居づらくつていやだ」（明治四一年七月二六日付井上精一宛葉書）とその心境を述べている。部屋住みの生活はやはり負い目に感ぜずにはいられなかった。しかし、同年八月刊行された『あめりか物語』の成功はそうした荷風に自信を与えるのに充分であったろう。即ち、相馬御風は「自然派の作品としては、最もピユーアなものだと思ふ。殊に、小説の爲めに小説を書くと云ふやうな、所謂くさみがなくて、日記でも書くやうな調子で、平氣で書いて居る。それで居て、讀み終って何とはなしに人生に対する深い冥想に誘はれる。総ゆる意味で讀書界に推奨したい」（「最近の小説壇」明41・10『新潮』掲載）と評し、蒲原有明は「感じを現はす印象派的傾向の、よく現はれた新しい作品」（「印象主義の傾向」明42）と評しているのを見ても分かるように好評で、文壇に新たな一石を投じ一躍文名を高めたのである。

次いで荷風は、自己の芸術家としての立場を表明した「ひとり旅」（明41・9）、パリ滞在時の絶唱ともいうべきの「ADIEU（わかれ）」（のち「巴里の別れ」同年10）、現実から逃避したところに自由をロマンティックに夢見た「蛇つかひ」（同年11）、明治の文明に対する過渡的煩悶《はんもん》を訴えた「黄昏の地中海」（同）、人間の最大の不幸はその成功を意識した瞬間から始まることを主題とした「成功の恨み」（のち「再會」同年12）、散文詩風のパリのスケッチ「紅燈集」（「戀人」「舞蹈」「美味」「オペラの舞姫」同）、モーパッサンの艶笑譚《えんしようたん》「ロンドリ姉妹」の影響の見られる「祭の夜がたり」（明42・1）、パリの女性の人工的な美を礼讃した「カルチェー、ラタンの一夜」（のち「おもかげ」同）、仁義忠孝の君子国に帰って伝来の習慣に服従しなくてはならない身を嘆いた「惡感」（のち「新嘉坡の數時間」同）、ボードレールの詩に歌われた陋巷の情景になぞらえて生存の憂苦をメランコリックに描いた「除夜」（のち「霧の夜」同）、リヨンにおける在留日本人の銀行員生活を批判的に描いた「晩餐の後」（のち「晩餐」同）などを発表した。これらの作品は明治四二（一九一〇）年三月、『ふらんす物語』の題名の下にまとめられ、博文館から刊行される予定だったが、内務省に納本の手続きをしたとたんに発売禁止処分を受けた。未発表の小説「放蕩《ほうとう》」（のち「雲」）と戯曲「異郷の戀」がその対象となったのである。前者はパリ在住の外交官小山貞吉の頽廃的な生活を描いたもので「結婚とは最初長くて三箇月間の感興を生命に一生涯の歡樂を犠牲にするものだ」という荷風自身の結婚観も示されている。後者は二組の恋を悲劇に導いた明治文明を痛烈に批判する構成となっている。宮城達郎は『あめりか物語』の「素朴と強烈、わかわかしい熱情と苦悩の実感」に比べて『ふらんす物語』には全体をおおう「憂愁と倦怠の情調」が特色となっていることを指摘している（『永井荷風』）。

落魄趣味と文明批評

明治四二（一九〇九）年における荷風の創作力にはめざましいものがあった。狐退治を通じて父に恐れと悍《おぞま》しさを感じ、そうした父にこわごわ従っている母に同情といたわりの気持をいだいた少年時代の体験から成る「狐」（1月）、深川へ逃げるような気持で出かけた折、盲目の三味線ひきの歌沢を聞いてその境遇を想像する「深川の唄」（2月）、根岸の友人夫婦を訪問して結婚に疑問を持ったことを主軸に帰朝後の心境を語った「曇天」（3月）、血縁からの解放を訴えた「監獄署の裏」（同）、一六歳で吉原に遊んだ時の体験を主軸に一種の快楽主義を示した「祝盃」（5月）、外国帰りの眼で日本の風土や自然をみずみずしく描いた「春のおとずれ」（同）、女性遍歴を語りながら芸術家としての立場を表明した「歡樂」（7月）、芸者と二人で本所の牡丹見物に出かけた折感じた疲労と倦怠の情を語った「牡丹の客」（同）、ヴェルレーヌやベルギーのローダンバックなどの詩を紹介しながら日本の梅雨時の自然美を描いた「花より雨に」（8月）はいずれも荷風でなければかけない独自の作風を示していた。これらの作品は同年八月、『歡樂』の総題で易風社から刊行されたがまたもや発売禁止処分を受けた。そこで以上の作品から「歡樂」「監獄署の裏」「祝盃」をはずして「新歸朝者日記」（初出「歸朝者の日記」10月）を加えた『荷風集』が易風社から刊行された。これに対する諸家の評は片上天弦《かたがみてんげん》の「これを藤村花袋氏等の作に見える心持ちに比べると、荷風氏のは実に若々しい。大胆自由な情の流れが直ちに吾等の胸を浸さねば已《や》まぬといふ勢ひがある」（「帰朝後の諸作品について」明42・9）という評に代表される。総じて好評だった。

　これらの諸作には「衰殘、憔悴《しょうすい》、零落《れいらく》、失敗。これほど深く自分の心を動すものはない」（「曇天」）といった落魄《らくはく》趣味や「九州の足輕風情が經營した俗惡蕪雜《ぶざつ》な『明治』」（「深川の唄」）という文明批評が見られる。外形ばかり西洋を真似しようとする明治にあっては、クラシックの尊重はとても期待できたものではなく、「習慣」や「教義」に抗すれば落魄の身となってしまう。逆にいえば「衰殘、憔悴、零落、失敗」をうたうことは「習慣」や「教義」から少なくともはみ出した存在であることの証明となるのである。「春のおとずれ」と「花より雨に」で荷風はそれまでの日本の文学に見られない異邦人の眼で見るようなみずみずしい情感をもって日本の風土、自然美を描いている。自然こそ明治の文明から害を受けずにいる存在だからである。また、「歡樂」では「鳥歌ひ花開き、女笑ひ男走るを見れば、忽ち詩の熱情を感じて止まない。詩人は實に、國家が法則の鎌をもつて、刈り盡さうとしても刈り盡し得ず、雨と共に延び生ずる惡草である。毒草である」と反実利的な詩人として生きようとする覚悟を表明している。この作品には肉感性が大胆に打ち出されているが、大西忠雄の指摘にあるようにそこにはダヌンツィオの『死の勝利』の影響が認められる。昭和一九(一九四四)年九月九日の日記の記述によると、荷風は帰朝直後に同書を読んでおり、それは「歡樂」の執筆と時期を同じくしている。「歡樂」第三章の「如何なる純潔な戀でも、其れが充分に發育して行くにはどうしても實感の要素が無くてはならぬ」という主張は、『死の勝利』第三部第二章の「女の面影が心に浮んだとき、彼を支配するものはいつも肉感的の要求であり、彼がどんなにプラトン風の憧憬をもっているとはいえ肉的の行為を離れて恋を考えることが出来ない」という一節に重ね合わされよう。この作品全体を流れる情緒は、帰らぬ過去を追慕するところに生ずる悲哀の情緒であるが、もう一方の文明批評は「新歸朝者日記」に鮮烈に集約的に表明されている。

この作品の主人公は「自分の西洋崇拜は眼に見える市街の繁華とか工場の壯大とか凡て物質文明の狀態からではない。個人の胸底に流れて居る根本の思想に對してである。」「僕の見た處西洋の社會と云ふ者は何處から何處まで悉《ことごと》く近代的ではない。近代的がどんな事をしても冒す事の出來ない部分がチヤンと殘つて居る。つまり西洋と云ふ處は非常に昔臭い國だ。歴史臭い國だ」という。そこには外遊体験で学んだ個人主義と文化の伝統を尊重する精神があることはいうまでもない。中村光夫の指摘にあるようにそれが「内面から来た必然の要求であった」(『評論　永井荷風』)ところに荷風文学の一特色が認められるのである。明治文明批判は、たとえば、

丁度二十年前に帝國議會が出來たのも同様で國民一般が内心から立派な民族的藝術を要求した結果からではなくて、社會一部の勢力者が國際上外國に對する淺薄な虚榮心無智な模倣から作つたものだ。つまり明治の文明全體が虚榮心の上に體裁よく建設されたものです。

というように表出されている。ここで荷風が明治文明を実利にのみ重点を置いた外形ばかりの文明とだけ見ていたのではなく、それが上からの近代化にすぎず、夏目漱石が指摘した「外発的」であることを見ぬいていたことは洵《まこと》に鋭いといわねばならない。しかし、漱石がそれをプロセスとしてやむをえないことであるとし神経衰弱になってでも耐えていくより仕方がないと悲痛な判断を下しているのに対して荷風の文明批評は「明治は破壞だ。舊態の美を破壞して一夜作りの亂雜粗惡を以て此れに代へただけの事だ」というふうに明治文明嫌悪、否定で一貫しており、加藤周一の指摘にあるようにそれがやむをえなかったかどうかについてはふれられていない。この作品がその主張するところは一応聞かれながらも、大旨共感を得られず反感をさえかった理由もそこにあった。そのことは荷風の文明批評が論理よりも個人的な外遊体験をふまえた美的感覚に立脚している事情をも

示している。

江戸時代への傾斜

「新歸朝者日記」にはかつてのゾライズムの第一作『野心』における島田の場合と同じように宇田流水という副主人公が主人公の友人として登場している。彼は「一時歐化主義の盛な時代に花柳界がなかつたなら、江戸の音樂演劇は全く絶滅してしまつたであらう。此の點に於て吾々は永久彼等に向つて感謝の意を表しなければならない」と考える人物でたしかに『ふらんす物語』の発売禁止を体験した荷風のもう一つの心象を担っている。宇田流水がその「避難所」である江戸時代に退いていくように以後の荷風文学は民族的特色を探る方向に向かっていく。しかし、江戸が「避難所」であるのを見てもわかるとおりフランスから学んだクラシックの尊重は時代の制約を受けて当初とはよじ曲った方向をとることとなってしまったことは木下杢太郎《もくたろう》の「個人主義といふ事を標榜するなら、第一に徳川文學を滅ぼしてかからなけりゃならない筈ぢゃないか」（「河岸の夜」）という評にもうかがえよう。

宇田流水の感慨は、夏目漱石の依頼によってかかれた「冷笑」（明42～43）中の吉野紅雨のそれに受け継がれている。この作品は荷風の分身である五人の登場人物がそれぞれの立場から発言して議論が議論を生む形式でかかれているが、紅雨は、今の時代を深く感じて自分の足元を眺めて見たら誰でも「舵のない船に乘つてゐるような不安」に打たれる、という。そして「時代」の船の方向を定める丈夫な舵は何か、と尋ねられると、「郷土の美に對する藝術的熱情だと斷言したいです」と答えるのである。「憤る力があつたら間もなく消え滅びてしまふ過去の名殘を一瞬間でも命長く生かすように努めねばならぬ」という紅雨の感慨はそのまま荷風のそれであり、そこから「すみだ川」(明42)が制作された。

この作品で作者は愛惜する「間もなく消え滅びてしまう過去の名残」をかき止めることによって命長く生かすように努めている。登場人物は、墨田川両岸に配置され、川を行ったり来たりする。一つの土地とそこにいる人物の心情とがとけあって絵になり、あたかも長吉が宮戸座で見た書割のような絵が何枚となくつづり合わされてこの作品はできている。こうした「人物を主とせざる小説」という発想はローダンバックの「廢市ブリュージュ」から得たものであろう。また、晩夏から初秋、秋、冬、初春、初夏と移り変わっていく微妙な季節感が西欧の後期印象派の画家を連想させる光と影の手法で見事に描き出されている。主人公の長吉も叔父の蘿月も享楽主義的な人物で、蘿月は長吉の部屋で教科書にはさんであった芸者姿をした幼なじみのお糸の写真とかきかけの手紙を見て「長吉を役者にしてお糸と添わしてやらねば、親代々の家を潰してこれまでに浮世の苦労をしたかいがない」と心に叫ぶ。そこにはアンリ＝ド＝レニエーの『ある青年の休暇』との関連が認められる。即ち大学入学資格試験に失敗した主人公の少年ジョルジュは長吉に、ジョルジュを弁護するド＝ラ＝ブールリ夫人は蘿月に、ジョルジュがかくしもつ女優の写真とゴーチェの『モーパン嬢』は長吉のかくしもつお糸の写真と春水の『梅暦』にそれぞれ対応しているのである。この作品は荷風文学中もっとも均整のとれた佳品で、そこに流れている抒情はのちの追懐小説の作家たち（たとえば久保田万太郎、水上瀧太郎）に大きな影響を及ぼした。

　ところで『冷笑』の吉野紅雨という人名は荷風と親密な交渉のあった新橋新翁家の妓富松の本名、吉野こうに依っている。この女性のことは「きのふの淵」（昭10）に詳しくかかれているが、三代続いて浅草に生まれた江戸っ子の富松に荷風は強く惹かれるところがあり、互いの二の腕に「こう命」「壮吉命」と入れ墨をし合うまでの仲となったが、秋庭太郎の考証によれば明治四二年初夏から同四三年九月までの一年余りで終わっている。当時二人とも経済的に困っていたので、荷風も承知の上で富松を落籍《ひか》した旦那に呼び詰めになっているうちに、富松は、軒並に居た巴家の八重次と荷風とがおかしいという噂を聞き、二人の後から押しかけていって取っ組み合いになる程の喧嘩をして威勢よく啖呵《たんか》を切って家へ帰ったが口惜しくて泣いていた、ということであったらしい。このののち、荷風は七度呼んだが富松はそれをすっぱり断わったという。富松の落籍を知らされた時の荷風の心境は「切歯扼腕《せっしやくわん》すと雖力及ばず、忿恨心魄《ふんこんしんぱく》に徹す」（改造社『現代日本文学全集　永井荷風集』所収年譜）というふうだったと伝えられている。

　「きのふの淵」によると、富松は四、五年のち再び芸者になり、赤坂・麻布、最後に新橋へもどり一、二年後に肺病で死んだ。それは大正六（一九一七）年夏のことで、荷風はその寺（玉蓮寺とあるが秋庭太郎の考証にある玉林寺が正しい）をたずねて香花と共に一句を手向けた。

晝顔の蔓もかしくとよまれけり

「早稲田文學」の推讃

明治四三（一九一〇）年二月、「早稲田文學」は例年のとおり「推讃之辭」を掲げ、明治四二年の文壇は『妻』『田舎教師』（花袋）、『二家族』『落日』（白鳥）、『續俳諧師』（虚子）、『それから』（漱石）を得、さらに諸家の短編中伝えるに足るものを得て特に貧弱と目すべきでない、といったうえで、

如上の小説壇に於いて、昨一年の間、新に吾人の視野に聳《そび》えたるものは、短篇小説集『歡樂』の著者永井荷風氏を推すべし。其の作、靡爛《びらん》せる歡樂の心と、生に對する一切の拘束を呪ふの心とを以て、譬《たと》へば木犀《もくせい》の香の咽《むせ》ぶが如き風味を成す。比の點に於いて昨年小説壇の異色たると共に、其の脚の切なる現實より游離せざる限り他の諸家と基音を共にする新藝術の人たるは論無かるべし。吾人は過去一年の文勲に對する推讃の標目を此の作家に置かんとす。

と述べている。自然主義の牙城と目された「早稲田文學」の「推讃之辭」は権威あるものとして知

られていた。それが遂に荷風の作品を認めざるを得なくなったのである。「糜爛せる歓樂の心と、生に對する一切の拘束を呪ふの心とを以て、譬へば木犀の香の咽ぶが如き風味を成す」荷風文学は日本の自然主義作品とは傾向を異にしている。それゆえそれは「異色」であり、「其の脚の切なる現實より游離せざる限り」という限定が付せられているのである。そこには荷風を自然主義の方へ引き込もうとする姿勢が感じられる。そこから荷風が自然主義者なのか享楽主義者なのかをめぐって漱石門下の阿部次郎と相馬御風との間に論争が行われた。阿部は「早稲田文學」が荷風に推讃を贈ったのは「諸氏の主張の弛緩《しかん》と主義の動揺とを示すもの」であると難じ(「自ら知らざる自然主義者」)、荷風は「何事をも嚙み占めて味はむとする人、味の濃淡により現實を選擇したり誇張したりして憚《はば》からぬ人、味の連續によりて生命の充實を求めむとする人」即ち享楽主義者であり、享楽主義は現実より浮かばんとし自然主義はその底に沈まんとする(「再び自ら知らざる自然主義者」)、と述べている。これに対して相馬御風は荷風の作品に流れる「糜爛せる歓樂の心」の底から、「吾々の胸奥に泌み込んで來る冷たい〳〵一脈の悲哀感は正に之れ荷風氏の眞生命の流れではないか」といい、「藝術家としての荷風氏の眞生命は、その歓樂を追ひ歓樂に糜爛せる心の奥に覺めたる觀照的意識である」(「一家言」)と反駁している。要するに御風は荷風の文学の写実的傾向を主張することに執し、耽美主義の作家としてのそれを認めようとしていないのである。

慶応義塾の教授に

前掲の「監獄署の裏」には、日本に帰ったらどうして暮らそうかという問題は絶えず心に浮かんできた、とあり、種々の職業をあげては自分に適したそれがないことを述べているが、実は明治四二年に京都の第三高等学校のフランス語教員の職の斡旋を上田敏に頼んでいた。それが翌四三年、森鷗外・上田敏の推薦によって慶応義塾大学文学科文学専攻の主任教授に就任することになったのである。

当時慶応義塾大学は、理財科が隆盛なのに比して文科は不振で、文学科廃止を口にするものもあったという。また、同じ創設の歴史をもつ早稲田大学文科に対する対抗意識も強かった。それなのに文学科の学生数は各学年数名程度しかいなかった。そこで明治四三年、慶応の文学科大刷新が行われることとなった。当時の塾長はのちに文部大臣となった鎌田栄吉であったが、中心となって動いたのは幹事を勤めていた石田新太郎であった。石田は慶応の学生時代に講師をしていた森鷗外に審美学を学んだことがあり、刷新にあたって先ず鷗外を招聘すべく相談したところ、鷗外自身は陸軍省医務局長の要職にあたったため主任教授就任は不可能だったが名義だけでない実質的顧問を受諾してくれた。鷗外は早速主任教授の人選にあたった。その結果、先ず夏目漱石、次に上田敏の名がクローズアップされたが、漱石は朝日新聞社の専属作家となり文芸欄を主宰して間もないころだったし、敏は京都帝国大学教授の職にあり、敏自身の心は動いたが応じかねた。そこで敏は顧問ということになり、鷗外は荷風を主任教授に選んだのである。それは四三年二月のことで、三月一日銀座交詢社で開催された第七回三田文学会大会で荷風は馬場孤蝶《こちょう》・与謝野寛・上田敏・田中喜一と講演をしている。奥野信太郎「よき教授永井荷風」（『文学みちしるべ』昭31、所収）によれば、順番は荷風が最後で、演題は「生活の興味」とあり、その内容は――世の中には人世の意義を見出そうとするのに汲々《きゆうきゆう》としてその結果かえって厭世に陥るものがいる。しかし人生を傍観して見るならば、恰《あたか》も一種の芝居のようなものであって、そこに大きな興味が存するものである。であるから人生という芝居を、各人が感ずるままに描写することこそ真の芸術なのであって、このような芸術は決して主義などのために拘束せらるるものではない――と論じた（「慶応義塾学報」第一五二号による）という。荷風が派閥性を排したことは注意される。

荷風の主任教授就任は明治四三年二月一五日の評議員会で決定された。また、新たに発刊される『三田文學』の編集主幹とすることも決議された。月給一二〇円と編集手当三〇円、合計一五〇円の高給であった。

荷風の担任課目は文学評論（特殊研究）・仏文学（概説）・仏語（演習）の三課目でその授業は「極めて厳正勤勉であった」（前掲奥野）。始鈴終鈴の時間厳守は驚くべきものがあったという。荷風が教授をしている期間、三ヶ年在学した佐藤春夫はその授業を「まづその作者の小傳を傳へ、さてその作品の筋や描寫の細部などにわたって面白さを説き紹介したうへで、その作品の史的意義だのその作者の一般作風などに及ぶもので、その講義ぶりは必ずしも學者のやうではなかったが、用意周到に講義の形態をそなへて、亦、權威ある者のやうにわたくしには聞き做《な》された」（『小説永井荷風傳』昭35刊）と伝えている。

『三田文學』の発刊

『三田文學』は明治四三年五月に創刊された。創刊号から荷風は随筆「紅茶の後《あと》」を連載しているが、その中の「三田文學の發刊」で「自分は所謂忙しい人になつた」「自分は手紙を澤山書いた。車に乗つて今まで訪ねた事のない文學者を訪ねた」とかいている。

その執筆メンバーは鷗外・敏・荷風の他に馬場孤蝶・木下杢太郎（「食後の唄」明43・6）、泉鏡花（「三味線堀」明43・10）、北原白秋、吉井勇、長田秀雄（「歓楽の鬼」同上）、谷崎潤一郎（「飈風」明44・10発禁）、小山内薫、岡田八千代、野口米次郎、与謝野鉄幹、与謝野晶子、石井柏亭などで、「スバル」「新思潮」系の作家が寄稿しており、耽美的色彩が強い。しかしその一方では山崎紫紅のような自然主義以前の作家や、岩野泡鳴《ほうめい》（「鶴子」明44・1）、相馬御風など自然主義系の作家の執筆も見られることは荷風の派閥に囚《とら》われない編集をしようとする姿勢がうかがわれる。

名実共に顧問であった鷗外は創刊当初から「桟橋」（創刊号）、「普請中」（明43・6）、「花子」（明43・7）、「沈黙の塔」（明43・11）、「妄想」（明44・3～4）、「灰燼」（明44・10～大1・12中絶）などを寄せ、その「森先生に御迷惑をかけるやうな失態を演じ出さないやうにと思つて」いた（「正宗谷崎兩氏の批評に答ふ」）荷風は、毎週一、二回フランス人の家へ行って新着の新聞を読み、つとめて新しい風聞に接するようにしていた。そして、「紅茶の後」を初めとしてほとんど毎号執筆し、「平維盛」（明44・2）、「下谷の家」（同）やのちに『新橋夜話』（大1・11刊）に収められた諸作、さらに「戲作者の死」（のち「散柳窓夕榮」大2・1〜4）、「日和下駄」（大3・8〜4・6）などを発表した。荷風は就任から大正五（一九一六）年慶応を去るまで五、六編ほどの作品以外ほとんど全作品を「三田文學」に発表している。「大窪だより」の大正三（一九一四）年二月二〇日の記述に「敢て忠臣二君に見《まみ》えずと申程の事にては無御座ゆ（候）得共幾分にても他の雑誌新聞に力を分ちゆ儀は何分心苦しき儀に御座ゆ。就ては義理合止むを得ざる場合のみ成りたけつまらなき事饒舌《しゃべ》りて速記致させ二度と依頼を受けぬやうに致し居ゆ」云々とあるのは嘘ではなかった。したがって荷風の作品を読みたい人は「三田文學」に接せざるを得なかったわけである。

「三田文學」明治四四（一九一一）年三月号には編集助手の井川滋の作品「逢魔時」が掲載されている。幼年時代の記憶の底をたどった幻想的な小品であるが、この作品を皮切りとして荷風の教室から所謂三田派の新人たちが登場してくる。久保田万太郎（「朝顔」明44・6）、堀口大学（「女の眼と銀の鑵と」同）、阿部省三即ち水上瀧太郎（「山の手の子」明44・7）、佐藤春夫（「憤」同）の他に若樹末郎こと沢木四方吉（「夏より秋へ」明44・4）、松本泰（「樹蔭」明44・10）などがそれぞれフレッシュな作品を提示している（これらの作品の傾向は当時「追懐」文学とよばれた）。このころの特筆すべき批評文は「谷崎潤一郎氏の作品」(明44・11)であろう。ここで荷風は潤一郎を「明治現代の文壇に於て今日まで誰一人手を下す事の出來なかつた、或は手を下さうともしなかつた藝術の一方面を開拓した成功者」と讃え、その特質を鋭く指摘している。谷崎潤一郎の華々しい出発がこれに依ることは言を俟たない。

雨声会

荷風が上田敏にフランス語教員の職を依頼していたことは前述した。既に文名高い荷風がなぜ京都にまで行ってその職に就こうとしたのであろうか。それはやはり父久一郎の手前を慮《おも》んばかってのことであろう。とすれば荷風は父に大いに面目をほどこしたことになる。久一郎も母恆も息子の大学教授就任に感無量であったろう。

明治四四年一一月、荷風は時の首相西園寺公望が開いた雨声会(第六回目)に出席している。この会は明治四〇年六月、西園寺邸に小説家を招待し風流文酒を楽しんだのが最初で、国木田独歩が没し、川上眉山が自殺して空席ができたのでその補欠選挙の結果江見水陰と荷風が当選したのである。水陰は出席する必要がないといってことわり、荷風は快諾した。久一郎はかねてから西園寺と詩文の交わりがあり、久一郎は小説などにうちこんでいる息子に西園寺から意見をしてくれるよう頼んだこともあった。当日は、森鷗外・廣津柳浪・巖谷小波・小栗風葉・大町桂月・竹越三叉・小杉天外・内田魯庵・島崎藤村・柳川春葉・後藤宙外・泉鏡花・田山花袋が出席しており、荷風は最年少だった（大正五年四月には第七回の雨声会が開かれ、この時も荷風は出席している）。雨声会の席上西園寺は荷風を見て自分から「イヤ君のお父さんには、ずいぶん君のことで泣かれたものだよ」と笑って声をかけたという（巌谷小波『私の今昔物語』による）。荷風の雨声会出席の姿勢は「雨聲會の記」（大5）に記されている。

歸り來つて竊《ひそか》に當夜の事を思ふに老公の屢雨聲會を開き賣文卑賤の徒を召し給ふ所以のものは、平生公が身邊を圍《い》繞《にょう》する所のものと全く別様の人物に接し聊《いささ》か平素の心勞を忘れ給はんとの意なるべし。

西園寺が一〇年間のフランス生活の体験をもつ文人宰相であっただけに荷風は雨声会をフランスにおけるサロンのように見立てたのかも知れない。また、久一郎が息子が西園寺に招待されたことを誇りに思ったであろうことも想像するに難くない。

教授退任

以上を見るとずい分幸福な時期のように見えるが実はそうでない。「三田文學」の編集方針をめぐって荷風と当局の間には初めからずれがあった。当局の考えたものは『三田學會雜誌』と並立する文科を背景とした「三田文學会」の機関誌的性格で、哲学、史学、文学を含む広義の文化運動と文科振興への期待をめざしたものであった（宮城達郎『「三田文学」の作家たち」昭44・5による）。

さらに「三田文學」四四年七月号が江南文三の「縫引」、同年一〇月号が谷崎潤一郎の「飈風《ひょうふう》」のため発売禁止となり、以後毎月の掲載原稿は当局の認可を受けて活版所にまわすという検閲が行われることになった。このため荷風は思うままの編集ができなくなったわけである。

そして、明治四五（一九一二）年には荷風の素行について当局の非難が強められたのである。当時荷風は「掛取り」（2月）、「若旦那」（のち「色男」3月）、「風邪ごゝち」（4月）、「浅瀬」（同）などのちに『新橋夜話《しんきょうやわ》』に収められた一連の花柳小説を発表していた。それらは明治文明への世紀末的美的抵抗、風俗と密着した文明批評、強者への嫌悪と弱者への同情、強者＝醜に対する弱者＝美の関係など荷風の独自性を示すものであったが、このうち最も出来ばえのよい「風邪ごゝち」はそのころの荷風と新橋巴屋の芸者八重次（本命内田ヤイ、のち金子姓、舞踊家藤蔭静枝）との実生活を描いたものと噂され、荷風は八重次の他に新橋芸者小とみとも関係があった。

この年、慶応義塾幹事の質問に対する弁明書として「文反古」が書かれたが「三田文學」に掲載しなかった。末尾に辞任の意志を表明している。

以上に加えて杖とも柱とも頼みにしていた鷗外の寄稿が途絶えたこと、雑誌が活気を失い売れ行きが悪くなったこと、一般雑誌より高額の原稿料を支払っていたため大正四（一九一五）年ごろより赤字となり、原稿料の制限が始まったこと、自身の著作『夏姿』（大4・1刊）が発売禁止となったことなどが重なり、大正五年三月末、荷風は腸の病気を表向きの理由として慶応義塾の教授を退任し、同時に「三田文學」の編集も辞した。慶応義塾の記録によれば在勤六年あつかいで三ヶ月分の手当四五〇円が支給された。

結婚と父の死

これより先、久一郎は息子の身を案じて結婚を強く勧めていた。荷風はそれを受け入れて大正元（一九一二）年九月二八日、本郷湯島四丁目の材木商、斉藤政吉・あいの次女ヨネと赤坂の星ヶ岡茶寮で結婚式をあげた。仲人には井上唖々の両親、井上如苞夫妻があたった。如苞は以前から永井家から信用されていたのである。婚儀一切親まかせの結婚だった。ヨネは二二歳の小柄な女性で舅《しゅうと》 姑《しゅうとめ》にも仕えたが、この結婚はうまくいくわけがなかった。荷風は明治四三年ごろから交渉のあった八重次との仲を秘密にして結婚したが、その直後も八重次のところへ出入りしていた。さらに秋庭太郎によれば「荷風は結婚初夜から妻に祕して避妊の方法を實行してゐた」（『荷風外傳』）のである。

社會の何物にも捉れず、花さけば其の下に憩ひ、月よければ夜を徹してゞも水の流れと共に河岸を歩む。此の自由、此の放浪は富にも名譽にも何物にも換へがたいではないか。顧れば私の周圍には、交際だの、友誼だの、政略だの、秩序だの、階級だの、あらゆる文明の僞善が取巻いてゐる。（中略）よき詩を作るには、寂寞を愛さねばならぬ。血縁の繋累《けいるい》、社會の制裁から隔離せねばならぬ（「歓樂」より）。

という荷風は家庭の人ではなかった。こうした生き方が正しいか否かの判断は人によってさまざまであろうが、重要なのは彼がその理想を終生追い続けた点にある。荷風が強固な観念の持ち主といわれる理由もそこにある。

大正元年一二月、荷風は学校の冬休みを幸に八重次を伴って箱根塔之沢に遊び、二九日の夜妓家にかえり、翌朝帰宅するつもりであったが、三〇日は意外の大雪で八重次がもう一日と引き留めるまま泊まり込んでしまった。その三〇日のことである。父の久一郎はたまたま訪れた末弟の大島久満次と親しく話して久満次が帰ったのちの午後四時ごろ、庭に在る松の盆栽に雪がつもったのを見て、家の内に運び入れようとした瞬間、脳溢血で卒倒、意識不明に落ち入った。荷風は、翌三一日、是非にも帰ろうと仕度をしているところへ籾山庭後《もみやまていご》（「三田文學」を発行した籾山書店の主。本名籾山仁三郎。俳句をよくし荷風と親交が深かった）から電話で父の急病と家で自分のゆくえを問い合わせていることを知らされた。荷風は胸が轟き出して容易に止まないのを覚えた。父は既に事きれたに相違ない、自分は妓家に流連《りゅうれん》して親の死に目にも遭わない不幸者となった、と覚悟をきめて、家に帰ると、母恆は涙ながらに父は昨日いつになくおまえの事を言い出し、壮吉はどうしたのか、まだ帰らないのか、と度々たずねたと息子に語った。息子は一語をも発することができず、黙々として母のあとについて行くと、父は来青閣十畳の間に仰臥し、昏睡に陥っていた。そして昏睡から覚めないまま、正月二日午前八時一〇分、世を去った。荷風はその日記「斷腸亭日乘」の大正一五（一九二六）年正月二日（父の命日）の項に「平生不孝の身にはこの日虫の知らせだも無かりしこそいよ〳〵罪深き次第なれ」と述べている。

その一方では荷風は父の死を待ってでもいたかのように早くも二月一七日ヨネと離婚、一周忌の過ぎたころ、八重次との結婚を従兄永井松三に相談したが同意を得られず、これがもとで松三との間が気まずくなった。そこで独断で八重次と結婚、披露はしなかった。八重次は「矢はずぐさ」に荷風自らかいているように食事の仕度はもちろん、少しの暇があれば夫の気づかぬうちに机の塵を払い、硯《すずり》を清め筆を洗い、あるいは鉢物の虫を取り、あるいは古書の綴糸の切れたのをつくろうなど殊勝に立ち働いていたが、荷風の浮気が原因で大正四（一九一五）年二月一〇日の夜、「つまりきらはれたがうんのつき見下されて長居は却而御邪魔」云々の置手紙をして永井家を去り、新橋で本巴屋八重次として再び芸妓となった。

大正五年五月には末弟の威三郎が東京のある工学博士の三女と結婚したが、この結婚には荷風と「別戸籍とすること、新居を構へること、結婚式當日荷風を參列させぬこと」などの条件付だった

（『荷風外傳』による）。もともと威三郎は父の死に居合わせなかった荷風によい感情を持っていなかった。八重次が永井家に入ってから、家を二分し新たに垣を作り、門を別々にし母を引き取るということもあった。荷風は威三郎の結婚以後、次弟貞二郎を別として威三郎をはじめ親類縁者との交際も絶った。

戯作者的態度

明治四十四年慶應義塾に通勤する頃、わたしはその道すがら折々市ケ谷の通で囚人馬車が五六臺も引續いて日比谷の裁判所の方へ走つて行くのを見た。わたしはこれ迄見聞した世上の事件の中で、この折程云ふに云はれない厭な心持のした事はなかつた。わたしは文學者たる以上この思想問題について默してゐてはならない。小説家ゾラはドレフュー事件について正義を叫んだ爲め國外に亡命したではないか。然しわたしは世の文學者と共に何も言はなかつた。私は何となく良心の苦痛に堪へられぬやうな氣がした。わたしは自ら文學者たる事について甚しき羞恥を感じた。以來わたしは自分の藝術の品位を江戸戯作者のなした程度まで引下げるに如くはないと思案した。

右は多くの荷風論にきまったように引用されている有名な「花火」（大8・12）の一節である。市ケ谷には東京監獄があり、囚人馬車は明治四三（一九一〇）年から四四年にかけて幸徳秋水らの無政府主義者が大逆罪によって検挙処刑された大逆事件の被告を乗せた馬車を指す。この事件は近代日本史上最大の暗黒裁判といわれ、これ以後言論思想方面の弾圧が強化された。荷風は随筆「希望」（明43・10）でこれまで目こぼしになっていた社会主義の出版物が新旧を問わずどしどしとりしまられつつある事実に言及し、「敢て政治的意味に於ける社會主義一味の黨類のみには止るまい。日本歴史には少しの關係のないVenus《ヴエヌス》, Bacchus《バッカス》, Pan《パン》の神々なぞを、胸の奥深く祀《まつ》つてゐる吾々藝術の邪宗徒を召捕《めしと》る」ようになるであろう、とその暗い心象を訴えている。この稿が成ったのは明治四三年九月で大逆事件についての新聞記事差止め令が出されてから三ヶ月のち、その法廷が開かれる二ヶ月半ほど前にあたる。思想言論弾圧が芸術にまで及んでくることを憂え、沈痛な表情を見せているが、「社會主義一味の黨類」と「吾々藝術の邪宗徒」とを区分している点が注意されよう。

大正二（一九一三）年一、三、四月の三回にわたって「三田文學」に発表された「戯作者の死」（のち「散柳窓夕榮」）には、大逆事件を契機として、天保改革（大逆事件がダブルイメージされているわけだ）の犠牲となった柳亭種彦の不安にみちた寂寥《せきりよう》とした心象に自身の心象が重ね合わされている。

同年四月には訳詩集『珊瑚集』が刊行されている。ボードレール（「死のよろこび」「憂悶」「暗黒」「仇敵」「秋の歌」「腐肉」「月の悲しみ」）、ランボー（「そぞろあるき」）、ヴェルレーヌ（「ぴあの」「ましろの月」「道行」「暖き火のほとり」「夜の小鳥」「返らぬむかし」「無題」）、ゴーチェ（「沼」）、ピカール（「池」）、ヴォーケール（「音樂と色彩と匂ひの記憶」）、エロール（「秋のいたましき笛」）、レニエー（「佛蘭西の小都會」

「葡萄」「われはあゆみき」「夕ぐれ」「秋」「正午」「告白」「庭」「瓶」「年の行く夜」)、ゲラン（「暮方の食事」「道のはづれに」「ありやなしや」)、カーン（「四月」)、ノワイユ夫人（「ロマンチックの夕」「九月の果樹園」「西班牙《スペイン》を望み見て」)、メリル（「夏の夜の井戸」)、サマン（「奢侈」）の三八編の訳詩にマンデス、プレヴォ、レニエーの散文訳とモーパッサンやロティなどに関する研究評論が収められている。その訳詩は主として「スバル」「三田文學」に発表されたもので、その翻訳の姿勢は、西欧の詩の余香を日本の文壇に移し伝えようとするよりも、自家の感情と文辞とを洗練する助けにしよう（「訳詩について」昭2・12）とするところにあった。したがって共感する詩のみを訳している。この訳詩集は三木露風をはじめ佐藤春夫、堀口大学など、のちの詩壇に大きな影響を及ぼした。

『珊瑚集』の序文には「今や開國の世となるに及び、邦人又爭ひて海外の風物を迎へ、そが最も斬新奇抜なる藝術を鑑賞せずんば止まざらんとす。軍國政府爲めに海外近世思想の侵入せん事を悲しみ時に其が防止を企つ。これ忝《かたじ》けなき立憲の世の御仁政なり」とある。かつて、『ふらんす物語』や『歡樂』における度重なる発売禁止に直面した荷風は、社会主義思想の持ち主ではなかったが、「軍國政府」がその政策を推進させるため不都合な「近世思想の侵入」の「防止」に出たことを鋭く見てとり、思想言論の弾圧に芸術の徒として独自の抵抗の姿勢を示している。

また、「父の恩」（大2・5、同6）では、薩長の新時代も人智の拘束と制限とによってその社会組織を完成し、新しい道徳と宗教とを形造ったが、「聊《いささ》かたりともこれに牴觸《ていしょく》するものは所謂自然主義利己主義非愛國主義なぞの名目の下に總括され、國家及び社會に害毒を流すものと見做され」ると訴え、花間に立つ老父の姿に「言葉に云へない輕い哀愁を伴はせた平和の滿足と、又深い安心を籠めた寂寞の美感」を見ている。東洋的美意識という観点から荷風の内面において父との接近が可能となったことを示している。

また、「日和下駄」（大3・8〜同4・6）は「一名東京散策記」の副題が示しているように蝙蝠傘《こうもりがさ》を杖に日和下駄をはいて江戸切図を懐中に（どんなに晴れた日でもこのスタイルで）東京の裏町横町を散策した記録であるが、そこには江戸の文化遺産への愛惜の情と、「現代日本の西洋式僞文明」がそれに破壊の暴を振う悪政への憤りと、東京という都会の興味は「勢尚古的退歩的たらざるを得ない」嘆きとが交錯した独得な文明批評が見られる。

断腸亭

荷風は自ら「桑中喜語」（大13・4、同5）に「卯の年に生れて九星四線に當るものは浮氣にて飽き易き性なりといへり」とかいているように多情で、大正四（一九一五）年九月ころ八重次の家に住んだが、同年一二月には新橋芸者の米田みよを身受し八重次と手を切り、大正五（一九一六）年一月から八月まで浅草代地河岸にかこったのち神楽坂で待合を営ませたがこれもその後三ヶ月ばかりで別れている。どうしてそのようなことが分かるかといえば昭和一一（一九三六）年一月三〇日の日記に「つれ〳〵なるあまり余が歸朝以來馴染を重ねたる女を左に列擧」しているからである。その人数だけでも一六名、欄外にかかれたのをいれれば一九名に及ぶ。発表を予定していながらこういう自由な記載のある日記もめずらしい。

荷風は米田みよをかこった浅草代地河岸から大正五年五月、大久保余丁町の新築した自宅に帰った。そこは主人によって断腸亭と命名された。その由来は同年五月六日付の籾山仁三郎（庭後）宛書簡に明らかである。

宿痾《しゅくあ》其後少ゝ宜敷かと存候其中腸ちぎれるとは聊か無常の感あり之につけても今まで思残りなく放恣《ほうし》三昧の世渡後生の憚《（ママ）》りなくてよし新居の命名久しく困り居候處病氣より思付きて斷腸亭と可致候昨日植木屋に斷腸花（秋海棠《しゅうかいどう》）注文庭へ植へるつもりに候。

これについて秋庭太郎は断腸亭と命名したのには威三郎のみならず母をも怨む趣意があったのではないか（『考證永井荷風』）といい、磯田光一は時代の動向にたいする「断腸の想い」が仮託されていたであろうことも疑えない（『永井荷風』）、と指摘している。

この当時の近況を荷風は大正五年五月二九日付巌谷小波宛書簡で、近ごろは小説より漢文の妙味にひかれており二〇世紀の未来派などはとんと興味をひかれない、朝五時に起き九時には築地に行き三味線の稽古をして午後は原稿をかき、夕方一時間手習いして八時には寝てしまう、と述べている。「段々變な人になり行くには我ながら笑止にゆ」とあるようにその反時代的戯作者的姿勢が身についてきた、というべきであろう。

「文明」と「花月」

慶応義塾を退職した三月末、荷風は余丁町の広い地所（五つの番地にまたがっていた）の半分を売却し、断腸亭を新築し、翌四月には自身を主筆とした個人雑誌「文明」を発刊した。これら一連の行動はあらかじめ計画されていたものと見られる。荷風の筆に成る「發刊の辭」によればその編集方針は「何の秩序もない種々雑多の記事一見全く統一なきが如き處却て之を本誌の特徴にしたい」とあるように時流を無視した、高踏的で趣味性の強い雑誌であった。誌名は「文明とは禮儀を知る事」であり、要するに何事も「Raffiner せる世界」あかぬけした世界に生きようという意味である。荷風の他、深川夜烏（井上啞々）、籾山庭後の執筆が多く、次いで久米秀治、堀口大学、伊藤左千夫などが寄稿している。

荷風は「文明一周年の辭」（大6・3）で「文明を以て時勢に後れたる不眞面目の雑誌となすも吾人更に何等の痛痒《つうよう》何等の憤慨をも催さゞるなり」とかいている。しかし「文明」の読者の多くが期待したのは荷風一人の作品だったと思われる。水上瀧太郎は「『文明一周年の辭』を讀みて」（大6・4）で「余が『文明』を愛讀するは一に永井先生の文章あるが爲にして、忌憚《きたん》なく云へば他の諸氏の文章の多くは余の最も好まざるところのものなり」とかいている。

「文明」発表の荷風作品は「矢はずぐさ」（大5・4、5・6）「けふこのごろ（或人に答ふる文）」（大5・4）「毎月見聞録」（大5・5〜大7・1）「藝人讀本」（大5・6、7）「懸想狐《けそうぎつね》」（大6・1）「西遊日誌」（大6・4〜10）などで「四疊半襖の下張（一）」（大6・7）の如きもここに発表されている。「けふこのごろ」には、

われは今自ら退きて進取の氣運に遠ざからんとす。幸ひにわが戯作者氣質をして所謂現代文壇の急進者より排斥嫌惡せらるゝ事を得ば本懷の至りなり。

と、現代文壇と離れて現代の戯作者として生きる決意が述べられている。しかし、「文明」発表作品の中で特筆すべきなのは、生涯を通しての代表作となった花柳小説「腕くらべ」（大5・8〜大6・10）である。ここで荷風は季節の推移と共に新橋花柳界の表裏と風俗、そこに出入りする人間を時代の流れに即して立体的に描いている。この荷風生涯の代表作については第二編で述べる。

「文明」の奥書きには大正七（一九一八）年三月までは「文明主筆　永井荷風」とあるが、翌四月には主筆者の記載はない。そして、五月は「文明主筆　籾山庭後」とあり、六月から終刊の九月までは「文明持主　籾山庭後」となっている。これは荷風と出版元の籾山書店主庭後との間に経営上の意見の相異があったためで荷風は大正七年一月から筆を絶っている。

「文明」の後身が「花月」で、こちらの方は大正七年五月から同年一二月まで荷風自宅の十里香館から刊行されている。奥書きには終刊まで「花月主筆　永井荷風／編輯發行人　井上精一」とある。おそらく井上啞々との共同編集となったのであろう。誌名は創刊号の「口上」（断腸亭主人）によれば松平定信の『花月草紙』、成島柳北の『花月新誌』に因《ちな》んでつけられた。「文明」の趣味性をさらに徹底させた性格の雑誌で井上啞々、久米秀治と木曜会系の作家に加えて市川猿之助や新橋八重次が寄稿している。この雑誌で特筆すべきなのはやはり荷風の「おかめ笹」の続稿（前半は大7・1「中央公論」に発表）が創刊号から一一月まで連載されたことであろう。「腕くらべ」が新橋を舞台にしているのに対し、白山・富士見町・麻布などの三流どころの花柳界が舞台となっており、登場人物も俗悪卑小で、詩情も全くないかわり「其主人公とする凡庸拙劣の畫工鵜崎巨石が意想外なる事件の爲に意想外なる利益を得安心して酒色に耽る事を得るに至る一段」（あとがき）が冷酷などぎついまでにリアルな筆で戯画的に描かれている。この作品が作者によって「滑稽小説」と銘打たれた所謂であるが、作者の真意は帝室技芸員の日本画家内山海石一家や狡猾《こうかつ》な骨董商の醜い裏面を描き「作者平常の鬱氣を散ぜん」（同上）とするところにあった。小心ものの鵜崎だけが最後にまぐれあたりに思わぬ幸にありつくという結末に時代に対する作者の嘲笑が込められていた。吉田精一はこの作品を「日本における真の意味のゾラ風な自然主義の作品としてほとんど唯一のもの」（『永井荷風』）と高く評価している。

『腕くらべ』は大正六年一二月、大幅に加筆訂正されて私家版（十里香館）として別刷五〇部限りが知友に配布された。翌七年二月、新橋堂から刊行されたものは私家版から一万六千余字が削除されていた。『おかめ笹』は大正九（一九二〇）年二月に全文が脱稿され、同年四月、春陽堂から刊行された。

独居凄涼

『断腸亭日乗』

大正六（一九一七）年九月一六日から昭和三四（一九五九）年四月二九日まで荷風は連日日記をつけた。それは『断腸亭日乗』と命名され、雅致に富んだ簡潔な文語体でかかれている。記事は天候、花鳥風月、読書、世相への批判、物価の変動、東京の風俗の変遷、罹災、対人関係における好悪の情、女性との交渉など万般に渡っており、詩的余情あふれる叙述となっている。

この日記の特色は単なる自家忘備のための記録ではなく他日発表されることを意識してかかれている点にある。「日記文学の位相を保って創作的性格が強く示され、作品として評価されなければならぬという特質」（宮城達郎『永井荷風』）が確かに認められる。そこから記事の虚実をめぐってさまざまな見解が提出された。たとえば中村真一郎は、「荷風の日記は後日の推敲《すいこう》を経たものであり、それは殆んど、編集され、演出されている。私たちは、繰り返し、この日記の頁を繙している間に、その文体そのものの人工性によって、次第に事実の記録ではなく、一篇の長篇小説を読むような錯覚に捉えられてくる。恐らくここで作者永井荷風は、文学者荷風という架空な想像上の人物を、長い年月をかけて創造したのである」(「荷風日記について」昭三九・二)と述べている。この問題について大野茂男は、対人関係における事実の改変、自分を正当化あるいは被害者じたてにする意図、文章の流れを生かすために事実を曲げあるいは誇張抹消したことがあっても、「単なる事実の記録ではなく創作的要素も含まれているという程度」であり、日記に現れた荷風が「虚像とは断言できない」(『荷風日記研究』昭51・3)と指摘している。文学者荷風の心象はそのまま作者荷風の心象と見てよいのである。

この日記の成立について成瀬正勝は「毎月見聞録」の存在をとりあげ、そこにこの日記の見聞録的特色を見出し、さらに「日誌について」(昭21)の記述から荷風が二〇歳ころ模範として精読した成島柳北の『航西日乗』(明14・11〜明17・8)の存在に注目し、柳北日記の特質を岸上質軒があげているなかで「一は細に其地の風俗土宜を察し之を記し」たことと「一は怛懐《たんかい》実況を写出して痴体酔状毫も隠蔽する所なし」という二特色は荷風の日記にも共通するものがあろう、と論じている(「荷風の日記」昭40・9)。第二の特色は女性との交渉を詳細に書いていることとも重ね合わされよう。但しこちらの方は池田弥三郎の指摘にあるように女性との性交渉があった日のしるしに「●」を用いたり、また見聞したところを「奇談あり」でさらっと流すという配慮も成されている。

だれにも見られず、日記をかきたいままにかく自由を荷風は独居によって得た。大正七(一九一八)年一二月三〇日の記述には、獨居凄涼の生涯も年と共に終りを告ぐるに至らむ歟。是喜ぶべきに似て又悲しむべきなり。

とある。日記ばかりでなく荷風の自由な反俗的個人主義は「獨居凄涼」の孤独な生活によってはじめて可能だった。しかし、年老いてからのそれがどんなに惨胆たるものとなるかを彼は果たして知っていたであろうか。

麻布偏奇館

大正七年一一月二七日、荷風は余丁町の邸宅を二万七千円で独断で売却した。孤独の身には広い家を修める力がないように思われ、また、母が父遺愛の物器を自分にゆだねようとしないことも悲しく、不快だった。そして同年一二月二二日、京橋区（現、中央区）築地二丁目三〇番地の売家を二千五百円で買い入れ、そこに移転した。築地二丁目には九月から薗八節を習いにかよった宮園千春《せんはる》の住居があったし、市川猿之助の住居も近かった。荷風が買い入れた家のあたりには待合や妾宅が多く俗にお妾横丁といわれていた。荷風は、零落した父親が置きざりにした今ではカフェーの女給となっている娘と再会するという筋立ての小説「雪解」（大11・3）においてこの土地を実に巧妙に描いている。その意味では荷風健在を思わせるものであったが、新しい作家の共感をよぶものではなかった。

大正九（一九二〇）年五月二三日、荷風は麻布市兵衛町一丁目六番地に移転、約九九坪の土地を借

偏奇館（『おもかげ』より）

地し、建坪三七坪の住宅を買い入れた。その家は木造瓦葺《ぶき》の二階建洋館だった。全体が白ペンキで塗られ、窓だけが青く彩られていたところから荷風はこの家を偏奇館と名づけ、和室を作らずテーブル、椅子を用いた。着物も和服をやめて洋服にした。洋風の生活を始めたわけである。以後約二六年間、この家に住んだ。

　大正九年九月一九日付で荷風は葉書で次の挨拶状を新聞社や雑誌社に出した。

　拝啓。御繁栄奉賀候。陳者小生此度時代の流行に従ひ原稿生活改造致度就ては大略左の如く相定候間何卒倍舊の御贔屓《ひいき》に願度伏而願上奉候。一、新聞雑誌其他出版物營業に關する用件にて御訪問の節は豫金十圓御郵送被下度さすれば三ケ月以内に面談の時日御通知申上可候其節面談料三十分につき金五圓ヅツの事。一、雑誌新聞紙に掲載する寫眞撮影は金五拾圓の事。一、原稿執筆御依頼の節は長短に係らず前金壹百圓御郵送被下度さすれば三年以内に脱稿御郵送致可候其節は別に原稿料一字一圓ヅツの事。月日。屋號荷風事永井壮吉敬白（『荷風外傳』より）。

戯《ざれ》ごとめいた文面であるけれども、仔細《しさい》に読むと次のことが感じられる。第一にここには自分を小説作りの職人のように見做している姿勢がある。第二には原稿料は値上げではないとしても面談料などは一般にはとうてい受け入れられない感覚である。しかしそこにフランス仕込みの合理主義を見ることも可能である。第三には新聞・雑誌記者を厭う態度でこれは終生変わらなかった。要するに荷風は記者を遠ざけて自由に気のむくまま創作して行きたいと考えたのである。この頃から荷風畸人《きじん》説が噂にのぼるようになった。

「我が文墨の生涯もこの春を名残に」

「おかめ笹」を刊行し、偏奇館に移った大正九年から「つゆのあとさき」（昭6）を発表する前年の昭和五（一九三〇）年までの約一〇年間は荷風文学における沈滞期ともいうべき時期である。大正八年四月六日の日記には、

感興年と共に衰へ、創作の意氣今は全消磨したり。讀書の興も亦從つて倦みがちなり。新聞紙の記事によりて世間の事を推察するに、天下の人心日に日に兇惡となり富貴を羨み革命の亂を好むもの〻如し。余此際に當りて一身多病、何等のなす所もなく、唯先人の遺産を浪費し暖衣飽食空しく歳月を送るのみ。

とある。創作の不調を訴える内容は大正一一（一九二二）年五月二三日、大正一四（一九二五）年一二月三一日の記述にも見られる。そして、昭和三（一九二八）年四月二四日の記述には「前月來何の故とも知らず身體の疲勞を覺えること甚しく、精神亦明瞭ならず（中略）悲しいかな、我が文墨の生涯もこの春を名殘にして終を告るにいたりならむ歟」云々とあり、筆を断つ覚悟さえ見せている。

大正八年は荷風四〇歳、昭和三年は四九歳にあたる。中村光夫はこの点にふれて「この内的な枯渇の時期が、ちょうど氏の四十から五十歳にわたる、働きざかりの年齢におこったことを考えると、この危機がただごとでなかったことがはっきりします」（「狂気の文学者」昭34・7）と指摘している。そしてその原因の一つに「大正期の後半を形造った文学者たちから、何となく軽んじられるような風潮ができてしまった」ことをあげている。事実谷崎潤一郎でさえ次のようにかいている。

私は此の數年間が荷風氏の藝術の沈滞期であつたと思ふ。少くともわれわれの眼には、「腕くらべ」を頂點として、氏の創作力は下り坂になりつつあるやうに見えた。何より私の懸念したのは、氏の筆がだんだん干涸《ひか》らびて來て、「腕くらべ」に見るやうな典雅な潤ひが乏しくなり、妙にバサバサして、荒《すさ》んで來たことであつた（「『つゆのあとさき』を読む」昭6・11）。

そして、谷崎は例外として「雨瀟々」（大10・3）と「雪解」（前出）の第一章をあげている。前者は瀟々《しょうしょう》たる秋雨を背景に作者と思しき病中独居の金阜散人と会社取締役で俳人の彩牋《さいせん》堂主人ヨウさんとの交遊を軸に、薗八節の「凄艶にして古雅な曲調」を愛し保護しようとするヨウさんが、芸者小半をして自分の思うような芸人に仕立てようとして失敗する経緯を詩情豊かに描いた作品であった。小半の相手が活動の弁士だったところに時世に対する作者の嘆きが込められている。

この期の作品は大正一三年九月刊行の『麻布雑記』に収められているが、その序文には、

思へば麻布に移りてよりこの五とせが間には悲しきことの多かりき。嚴師森夫子は千朶《だ》山房に簀《す》を易《か》へたまひ又莫逆《ばくぎゃく》の友九穗井上君は飄然《ひょうぜん》として道山に歸りぬ。爾來《じらい》われは教を請ふべき師長もなくまた歡び語るべき伴侶もなし。衰病の孤身うたゝ寂寞のおもひに堪へやらず文筆の興も從つて亦日に日に索然《さくぜん》たり。

とある。既に上田敏は大正五年七月九日に没していた。鷗外の死は大正一一年七月九日である。この日の日記には「森先生は午前七時頃遂に纊《こう》を屬せらる。悲しい哉」と記されている。死の前日荷風は鷗外を見舞いに行っている。恐る恐る襖を開いて入ると鷗外は仰臥して腰から下の方に夜具をかけて大きな鼾《いびき》をかいて昏々《こんこん》として眠っていた、という。同年九月六日、突然与謝野寛から電話がかかり鷗外全集刊行について即刻御足労下さい、とのことなので行ってみると、全集の編纂委員の

人員も大体決まっていた。いずれも森家及びその近親の人々の意向に基づいたという。荷風は自分の名がその中から漏れなかったのを見て感激の情押さえがたいものがあった。

井上啞々の死は大正一二年七月一一日である。この日の日記には「午後速達郵便にて井上啞々子逝去の報來る。夕餉《げ》を食して後東大久保の家に赴く。既に靈柩に納めたる後なり。吊《(ママ)》辭を述べ燒香して歸る」とある。何でもない記述のようであるが実はそうではない。「逝去」の文字を使用しているところに荷風の啞々に対する感情が表れている。そういう点を荷風は決してゆるがせにしない人であった。

以上に加えて大正一二年九月一日には関東大震災が起こった。山の手の固い地盤にあった偏奇館は無事だったが、東京の下町はほとんど灰燼と化した。一〇月三日の日記は震災に関して極めて特異な、そして荷風らしい意見を披瀝している。

> 帝都荒廢の光景哀れといふも愚なり。されどつら〲明治以降大正現代の帝都を見れば、所謂山師の玄關に異ならず。愚民を欺くいかさま物に過ぎざれば、灰燼になりしとてさして惜しむには及ばず。近年世間一般奢侈《しゃし》驕慢《きょうまん》、貪欲飽くことを知らざりし有樣を顧れば、この度の災禍は實に天罰と謂《い》ふ可し。何ぞ深く悲しむに及ばむや。民は既に家を失ひ國帑《ど》亦空しからむとす。外觀をのみ修飾して百年の計をなざゝ《(ママ)》る國家の末路は即此の如し。自業自得天罰覿面《てきめん》といふべきの

み。

吐き捨てるような口調であるが、震災によって江戸追慕の対象がまた失われてしまったことも確かである。震災が「釋氏の謂わゆる諸行無常の感を抱かせるに力のあつた事は決して僅少ではない」という「西瓜」（昭12）の記述に嘘はなかった。たとえば、隅田川両岸の眺めはそれまではどうにか昔の絵に見るような景色を見せていたのである。

『下谷叢話』の意図

荷風が明治一六年下谷の祖母（鷲津美代）に養育されたことは前述した。その下谷の鷲津家もこの震災で焼けてしまった。災禍の悲しみを慰めようとする意から下谷の家の旧事を記述しようと思いたった、と『下谷叢話』の第一章にかかれている。しかし、震災前の大正一二年七月二七日の日記には「毅堂鷲津先生の事跡を考證せんと欲す」とあるから『下谷叢話』執筆の動機は他に求めねばならない。それは森鷗外の史伝、なかでも『渋江抽斎』を鷗外全集の編纂委員を機に熟読したことにある。「隠居のこゞと」（大11・12〜大13・1）で荷風は「感歎する理由」を四つあげている。その第一は「精細なる考證の價値」、第二は「古人に對する畏敬と親愛の情とを陳抒」したこと、第三は「江戸時代より明治大正の今日に至る時運變動の迹を窺ひ知らしめ讀後自づから愁然として世味の甚辛酸に、運命の轉黯然《あんぜん》たるを思はしむる處」、第四は

「言文一致の體裁を採りて能く漢文古典の品致と餘韻とを具備せしめ、又同時に西洋近代の詩文に窺ふべき鋭敏なる感覺と生彩とに富ましめた」文体である。これらを丸ごと自分の手でやってみようとしたのが『下谷叢話』なのである。かくして外祖父鷲津毅堂と漢詩人大沼枕山《ちんざん》の伝記を並行させこれを中心として下谷学派の人々の動静がかかれることになった。

荷風は第四草で「そも〳〵江戸時代の支那文學が稍《やや》明かに經學と詩文との研究を分つやうになつたのは、荻生徂徠の門より太宰春臺、服部南郭の二家を出してより後のことである」とかいている。元来徂徠学は政治重視の儒学説で実学方面を重んじ、また古文辞を修めることにより古意を究明しようとするところからその実践として文章の模範を漢魏に、詩賦の手本を盛唐に求めたのである。そして永井星渚も荷風の外祖父鷲津毅堂もその従兄の大沼枕山もまた、成島柳北も徂徠派の漢詩人である。太宰春台を「経学」の人、服部南郭を「詩文」の人とするならば荷風の好んだのは服部南郭系統のそれも世に容れられず失意のうちに没した漢詩人たちである。毅堂は辺海の武備を憂い、清朝から歴代の武事兵制の沿革を説き論評を加えた「聖武記採要」を板刻し、国事に奔走して司法権大書記官となり「儒者未ダ曾テ有ラザルノ榮」に達した人である。そうした毅堂に荷風は一応の敬意は表しているものの共感は全く示していない。これに対して孤独を守って国事に関せず、四〇歳に至らないで時人と相容れないようになったことを悲しみ、それと共に後進の青年たちがみだりに時事を論ずるのを聞いてその軽佻《けいちょう》浮《ふ》薄《ばく》をののしった枕山に深い共感を述べている。そして、枕山の長男湖雲の生死を調べているうちに、薬王寺の住職から——大正八年八月ごろ一二、三歳の顔色青ざめた貧し気な少年が突然二個の壺を携えて来て、これは大沼新吉(湖雲)の遺骨であるから埋葬してくれるようにと言って去った、住職は少年がどういう者であるか問うた時新吉の遺子であることを答えたばかりでその後再び寺へは姿を見せなかった——という話を聞いたことを述べ、この作品を次のように締めくくっている。

大沼枕山の嫡男《ちゃくなん》大沼湖雲の一家は東京市養育院に収容せられて死亡したのである。而して其遺骨を薬王寺に携來つた孤児の生死については遂に知ることを得ない。

このあたり読む者をして慄然《りつぜん》たらしめるものがある。

なお成島柳北について一言する。大野光次編の年譜によれば、柳北は慶応二(一八六六)年、三〇歳の時にフランス式練兵指導者となっている。「太田屯營調〻馬。馬上所〻得」の詩作もある。この点徂徠学派の出身らしい。明治元年、外国奉行・会計副総裁を勤め、明治二年隠居して「天地間無用之人」となり、明治政府を諷刺し続けた。荷風の柳北への傾倒は「成嶋柳北の日記につきて」(昭2・4)「柳北仙史の柳橋新誌につきて」(同2・5)に示されている。

文壇に復活

荷風は大正一五（一九二六）年八月八日、銀座尾張町一丁目（現銀座五丁目）四番地のカフェータイガーで夕食をとった。以後ここに連日通っている。随筆「文反古」（のち「申譯」昭8・4）には次の記述がある。

今銀座のカッフヱーに憩ひ、仔細《しさい》に給仕女の服裝化粧を看るに、其の趣味の徹頭徹尾現代的なることは、恰《あたかも》當世流行の婦人雜誌の表紙を見る時の心持と變りはない。一代の趣味も渾然として此處まで墮落してしまつて、又如何ともすることの出來ぬものに成り了つてしまふと、平生世間外に孤立してゐる傍觀者には却て一種奇異なる興味と薄い氣味惡さとを覺えさせるやうになる。

時世は新橋の妓さえ女給となって平然としているようになっていた。タイガーにも新橋出身の女給が二、三人いたことが大正一五年八月一一日の日記に記されている。新しい風俗の出現に荷風の作家魂は大いにゆさぶられた。荷風はニヒリスティックな傍観者の眼で女給の生態を観察した。タイガーの女給お久と交渉を持ったのもこの頃のことである。そこから制作されたのが昭和六年一〇月発表の「つゆのあとさき」であるがこれに先だって同年三月に発表された「紫陽花」（のち「あじさゐ」）には「口説かれると、見境ひなく、誰の言ふ事でもすぐきく」ために生命をなくす不見転《みずてん》芸者君香の行状が描かれていた。

「つゆのあとさき」の主人公の君江は「生れながらにして女子の羞恥《しゆうち》と貞操の觀念とを欲いてゐる女」であり、そうした女性を作者は冷酷な傍観者の態度で描いている。君江の勤めているカフェーに出入する客たちの種々相をその一人一人の職業や境遇から説明する描き方はコレットの『シェリー』よりもゾラのそれを想起せしめるものがある。「人ひとりやつと通れる程狭いのに、大きな芥箱《ごみばこ》が竝んでゐて、寒中でも青蠅が翼を鳴し、晝中でも鼬《いたち》のやうな老鼠が出没」する銀座の路地も勿論描かれている。意識的に偶然をつみ重ねてストーリーを進めて行くわがままな書き方でありながら谷崎潤一郎の評にあるように「ここには夜の銀座を中心とする昭和時代の風俗史がある。震災後に於ける東京人の慌しく淺ましい生活の種々相がある」（前掲「『つゆのあとさき』を讀む」）のに相異なかった。そして、君江の客で法学博士の松崎の、

　人間の世は過去も將來もなく唯その日その日の苦樂が存するばかりで、毀譽《きよ》も褒貶《ほうへん》も共に深く意とするには及ばないやうな氣がしてくる。

という虚無的な感慨はそのまま荷風のそれであった。この作品にはそうした気分が常に底流している。「つゆのあとさき」は谷崎潤一郎の好意ある丁寧な評「『つゆのあとさき』を讀む」が呼び水と

なって世評高く、荷風は文壇に復活することとなった。

昭和六（一九三一）年以降は荷風のみならず谷崎潤一郎・里見弴《とん》・志賀直哉・徳田秋声・島崎藤村などの大家がいっせいに復活した時期であった。「つゆのあとさき」はその先鞭《せんべん》をつけた観を呈していた。次作「ひかげの花」（昭9・8）は、私娼のお千代とヒモの中島重吉との警察の手をのがれて暮らす淫靡《いんび》な生活に照明をあてた作品で、二人の間借りしている場所も芝西久保桜川町と目立たないところを選んでいる。野口冨士男はこの点にふれて「作品から風景を排除して人間だけをみつめようとした、そういう覚悟というか、作家的態度」がうかがえる（『わが荷風』）と指摘している。発表の翌月の中村光夫の評は、「『腕くらべ』の色恋はまだ綺麗事である。『つゆのあとさき』の君江は東京の風景の華やかな焦点にすぎない。しかも『ひかげの花』に至って氏の女は完全に人間の肉体を具えた。しかもその肉体は残酷なまでにいやらしいのである」（『「日かげの花」』）と他の二作と比較してこの作品の特色をよくいい当てている。かつての情調がすっかり拭《ぬぐ》い去られたこの作品を読むと、荷風はとうとうこういうところにまで追いつめられてきたのだな、という感がする。

「濹東綺譚」連載と母の死

昭和一一（一九三六）年二月二四日の日記には「色慾消磨し盡せば人の最後は遠からざるなり。依てこゝに終焉《しゅうえん》の時の事をしるし置かむとす」とあり、葬式無用で死体は普通の自動車に載せ直ちに火葬場に送ること、骨は拾うに及ばないこと、財産はフランスーアカデミーーゴンクールに寄附したいことなどが述べられている。

同年三月三一日の日記には「夜京橋明治屋にて牛酪を購ひ浅草公園を歩み乗合自働（ママ）車にて玉の井に至り陋巷を巡見す。再び銀座に立戻れば十一時なり」とある。銀座と並行して玉の井の私娼窟の観察が重ねられ、九月二〇日に「濹東綺譚」が起稿され、一〇月二五日脱稿の運びとなった。それは「ひかげの花」によってもう見られないかに思われた荷風文学の詩情が一度に甦《よみがえ》ったことを示す奇跡のような作品であった。この作品は昭和一二（一九三七）年四月一六日から六月一五日まで断続して三五回に渡って朝日新聞に連載され、戦争へ戦争へとむかっていく時局の中で読者の心をうるおした。新聞小説を通読したことが滅多にない正宗白鳥もこの新作だけは味わいが濃く読み洩らさなかった、という。また、挿画を担当した木村荘八は「いつも繪に煙の匂ひがするやうに、溝ッくさく、何となく水に縁があるやうにと思つて」苦心した、と述懐している（「濹東挿画餘談」昭12・7）。昭和一二年八月、『濹東綺譚』は同年一月発表の「萬茶亭の夕」を「作後贅言《ぜいげん》」と改題して収録し岩波書店から刊行された。以後ここに示されたほどの詩情は見られず、その意味でこの作品は荷風の白鳥の歌とよぶにふさわしい。内容については第二編で述べる。

「濹東綺譚」連載の五月から荷風は浅草吉原遊廓へ通い出す。六月二二日の日記には三〇年ぶりで浄閑寺を訪れた喜びが語られ、「余死するの時、後人もし余が墓など建てむと思はゞ、この浄閑寺の塋域《えいいき》娼妓の墓亂れ倒れたる間を選びて一片の石を建てよ。石の高さ五尺を越ゆべからず、名は荷風散人墓の五字を以て足れりとすべし」とまでいっている。しかし、吉原を描いた小説は実現しなかった。

同年九月八日、永井松三（素川）が突然やってきて母恆の危篤を告げ、一生のお願いだから来てほしい、と勧めたが荷風は「床屋へ行ってくるから」と言って松三を帰したまま行かなかった。これは母と同居する末弟威三郎と会いたくなかったからで既に同年四月三〇日の日記にその意志が明記されている。九月九日、母が昨夕六時にこと切れたことを知らされた荷風は日記に二句の弔句を記した。

泣きあかす夜は來にけり秋の雨
秋風の今年は母を奪ひけり

以後、松三と顔を合わせることはなかった。

戦時下の荷風

昭和一六（一九四一）年六月一五日の荷風日記には喜多村筠庭《いんてい》の「筠庭雑録」に接し、其蜩《きちよう》の「翁草」について述べている中に「筆をとりては聊も遠慮の心を起すべからず。遠慮して世間に憚《はばか》りて實事を失ふこと多し」とあるのを読み「慚愧《ざんき》すること甚し。今日

以後余の思ふところは寸毫《すんごう》も憚り恐るゝ事なく之を筆にして後世史家の資料に供すべし」とその決意を語ったのち、

日支今回の戰爭は日本軍の張作霖暗殺及び滿洲侵畧に始まる。日本軍は暴支膺懲《ようちょう》と稱して支那の領土を侵畧し始めしが、長期戰爭に窮し果て俄《にわか》に名目を變じて聖戰と稱する無意味の語を用ひ出したり。歐洲戰亂以後英軍振はざるに乘じ、日本政府は獨伊の旗下に隨從し南洋進出を企圖するに至れるなり。然れどもこれは無智の軍人等及猛惡なる壯士等の企るところにして一般人民のよろこぶところに非ず。國民一般の政府の命令に服從して南京米を喰ひて不平を言はざるは恐怖の結果なり。麻布聯隊叛亂の狀を見て恐怖せし結果なり。今日にては忠孝を看板にし新政府の氣に入るやうにして一稼《もうけ》なさむと焦慮するがためなり（下略）。

と非難の言葉を連ねている。荷風は既に「ひかげの花」によって反国策的作家と見做されていた。いつ特高警察に踏み込まれるかわからない。万一の場合を憂慮して夜ふけに起きて日記中の問題になりそうな文字を切り取り、外出の際には日記を下駄箱の中にかくしていたことが同日の日記で知られる。それが江戸文学に触発されてかく勇気ある記述を成しているのである。文中「麻布聯隊叛亂」とあるのは二・二六事件を指す。また、「忠孝」の形骸化に対する嫌悪の情も特徴的といわねばならない。彼の胸中でそれと背中合わせに存在したのが親のために身を売って果てた「娼妓の墓」ではなかったろうか。

日米開戦となった同年一二月八日の日記の全文を引こう。

褥中小説《じよくちゆう》浮沈第一回起草。哺下《ほか》土州橋に至る。日米開戰の號出づ。歸途銀座食堂にて食事中燈火管制となる。街頭商店の灯は追ゝに消え行きしが電車自動車は灯を消さず、省線は如何にや。余が乘りたる電車乘客雜沓せるが中に黃いろい聲を張上げて演舌をなすものあり。

これをたとえば同日の横光利一の日記の記述「戰はつひに始まつた。そして大勝した。先祖を神だと信じた民族が勝つたのだ。自分は不思議以上のものを感じた。出るものが出たのだ」云々と比べると全く対照的である。傍観者の態度で開戦の日の世相を観察し、人々の高揚をよそに創作の筆を執っている。中村光夫「荷風氏の近作について」(昭21・1)によれば、戦時中の荷風作品は情報局の代弁者から内容の如何にかかわらず永井荷風という名前だけで出版を差し止められたという。そのため、昭和一六(一九四一)年一二月八日から一七(一九四二)年三月一日まで執筆された「浮沈」、一七年一二月四日から同六日までの「勲章」、一八(一九四三)年一一月二八日から一九(一九四四)年二月一一日までの「踊子」、一九年二月一九日から四月四日までの「來訪者」、一九年四月

「葛飾情話」上演中のオペラ館（『おもかげ』より）

から二〇（一九四五）年一一月までの「問はずがたり」などは、全く発表のあてがないまま戦時下の時局の中で執筆されていったのである。このうち「勲章」と「踊子」は浅草公園の興行街（六区）を舞台とした短編で最もできばえのよい作品となっている。そこに荷風がよく足を運ぶようになったのは昭和一二年一一月一三日からで特にオペラ館の演芸を好んだ。翌一三年二月六日の日記には「半裸體の踊子の姿老眼を慰むること甚し」とある。同年三月一九日、オペラ「葛飾情話」をかき上げた。これはその前から約束していた菅原明朗の作曲で五月一七日から一〇日間、オペラ館ヤパンモカル一座により上演された。連日満員で荷風は一〇日間上機嫌で出かけた。オペラ館からは脚本料も上演料も受け取らなかった。そのオペラ館も昭和一九年三月三一日に取り払いとなった。踊子たちが互いに別れを惜しむ様は、荷風が覚えず貰《もら》い泣きした、と記すほどだった。「眞に浅草らしき遊蕩無頼の情趣を殘せし最後の別天地」も失われてしまった。荷風は一人「悄然《しょうぜん》」として楽屋を出た。彼は六五歳になっていた。

偏奇館焼亡と終戦

昭和二〇年三月九日、戦火は遂に偏奇館を襲った。「天氣快晴、夜半空襲あり、翌曉四時わが偏奇館燒亡す」に始まるこの日の日記は「斷腸亭日乘」のピークを示すものとして知られるが、与えられた枚数も既にオーバーしてしまったので引用できない。思えば偏奇館時代は永井荷風その人にとって孤立と喪失の時代だった。昭和二年から交渉のあった関根歌と昭和六年に別れたこともその中に含まれる。家庭的なものの喪失をそれは示している。偏奇館焼亡、万巻の書物の焼失とは喪失の象徴のように思われる。偏奇館時代の作品はその代償であった。

「着のみ着のまゝ家も藏書もない」身となった荷風は四月一五日、菅原明朗の好意で東中野の国際文化アパートに移った。食料、必需品は従兄の杵屋五叟（大島一雄）がめんどうをみてくれた。しかし五月二五日に再度罹災、日記を入れたボストンバッグのみを提げ戸外に出た。五叟のところへ行こうと代々木の大通りに行くとそこも見渡す限りの焼野原となっていて五叟一家は知人の家に立ち退いていた。宅孝二家に一時身を寄せ、六月二日、菅原明朗・智子夫妻に伴われ兵庫県明石に赴き、三日、明石の西林寺に置いてもらい、一二日、岡山に到着、一三日、岡山ホテルに宿泊し、一六日旅館松月に移ったが、ここで二八日に三度目の罹災、九死に一生を得た。佐々木某、武南立太郎の家に身を寄せ、八月一三日、岡山県真庭郡勝山町に疎開していた谷崎潤一郎を訪ね、「ひとりごと」(「問はずがたり」)、「踊子」、「來訪者」の小説原稿を谷崎に托して、一五日、菅原夫妻のいる岡山三門町の武南家にもどり、そこで終戦を知った。

S君夫妻、今日正午ラヂオの放送、日米戰爭突然停止せし由を公表したりと言ふ、恰《あたか》も好し、日暮染物屋の婆、雞肉葡萄酒を持來る、休戰の祝宴を張り皆〻酔うて寢に就きぬ。

「平和ほどよきはなく戰爭ほどおそるべきものはなし」と荷風は二〇日の日記にかいている。それにしても東京に帰りたくても治安の維持が確立する日まで庶民が入京することは禁じられていた。東京に帰ることができたとしても食料の配給が受けられるかどうかもわからず前途暗澹《あんたん》とした思いであったが、ようやく東京行二等の切符を入手することができた。菅原明朗は、この日の荷風は遠足前夜の小学生以上でこれが永井荷風かと呆れるほどだった、と述べている。三一日、代々木で間借をしている五叟を訪ねたが、彼は一ヵ月ほど前に熱海の木戸方に転居していた。「驚愕《きようがく》し又狼狽《ろうばい》するのみ」だった、と日記は伝えている。それでも九月一日、熱海和田浜南区木戸正方の五叟とその家族に会うことができた。

昭和二一(一九四六)年一月一日の日記には「六十前後に死せざりしはこの上なき不幸なりき、老朽餓死の前途思へば身の毛もよだつばかり」とある。一六日、荷風は千葉県市川市菅野二五八番地の杵屋五叟こと大島一雄方へ移転した。これより先、荷風は昭和一五年一二月二五日付で五叟宛に「荷風散人死後始末書」をかき一六年一月一一日に郵送している。葬式を執行しないことや墓石建立しないこと、遺産は何処にも寄附する事は無用であることに先だって「拙老死後ノ節ハ従弟大嶋加壽夫子孫ノ中適當ナル者ヲ選ミ拙者ノ家督ヲ相續セシム可キ事」という一條が記されていた。そして昭和一九年三月二二日、五叟の次男永光《ひさみつ》を養子として入籍している。

菅野の地は「門外松林深きあたり閑静頗《すこぶる》愛すべき處あり、世を逃れて隠住むには適せし地なるが如し」(昭和二一年一月二三日の日記)と感ぜられた。新しい住居は国電市川駅から徒歩で十数分のところに在り、家は平屋建でその八畳間で荷風は自炊生活をした。買物籠を下げて買い出しに行き、鶏卵、梅干、らっきょう、蕪、人参、牛乳、牛肉などの物価を日記に書き止めている。次に昭和二一年の日記の一節を引こう。

一月廿六日、陰、午前病院、晩食後小説の腹案なさむとす、忽として鄰家のラヂオに妨げられて歇《や》む、燈下讀書執筆思のまゝならぬ境涯は余に取りては牢獄に異ならず、悲しむべきなり。

荷風はこの頃疥癬《かいせん》に苦しんで病院通いをしていた。また「鄰家のラヂオ」云々とあるが、邦楽家で三味線引きの五叟がラジオで邦楽の勉強をするのは当然のことであった。五叟が長男の成友に三味線を教えるその音も荷風には耐え難かった。五叟はこれをどう見ていたか。昭和二一年一〇月二六日の五叟日記を引いてみよう。

杵屋藤吉・佐藏・今藤・五三助の鷺娘をラヂヲで聞く。先生戸を荒らげ出でらる。今藤の三味線、猿曳に酷使さるゝ猿の如く、兢々《きょうきょう》として芝居を演じ、その恐るべき桎梏《しっこく》を忘れゝば忽ち本性を現はし粗暴なる演技をなす。強ひて酷評をなせるに非ず、彼の如きテクニシャン、後來如可なる發展と終末を告げるや、興深き事なり。(下略)

東京の一大風俗史

この間にあって荷風は昭和二一(一九四六)年一月、「勲章」を「新生」に、「踊子」を「展望」に発表した。この二作品には「オペラ館樂屋の人々は或は無智朴訥《ぼくとつ》。或は淫蕩《いんとう》無頼にして世に無用の徒輩なれど、現代社會の表面に立てる人の如く狡猾《こうかつ》強慾傲慢《ごうまん》ならず。深く交れば眞に愛すべきところありき」(昭和一九年三月三一日の日記)という作者の考え方、感じが一貫して流れている。「勲章」では日露戦争に従軍して得た本物の勲章を舞台衣裳の軍服の上に踊子から縫いつけてもらった丼飯屋の出前持ちの爺さんが「わたくし」に写真を撮ってもらうと、それきり姿を見せなくなってしまうところに、「踊子」では主人公の千代美が「あたい。

ほんとに不良ねえ。でも仕方がないわ。あたい。何だか、わるいやうで斷れないんだもの」というあたりにそれが表出されている。同月から六月まで「中央公論」に連載された「浮沈」は、昭和一二年から一五年までの第二次世界大戦に突入して行く暗くてあわただしい時代の中を主人公のさだ子が女給、結婚、未亡人、再度女給、再婚、家出、待合と流れ流れて、最後には「落魄の生涯を送る」独身者の越智に救われる経緯を描いた作品で、作者は越智がさだ子を伴侶と定める理由をさだ子が「現代知名の人物の行動」に見られない「謙譲の德を修め得てゐる」ところに置いている。七月、「展望」誌に発表の「問はずがたり」は、大正六、七年から約三〇年間の世相の変遷をたどりながら画家の情欲史を主人公の一人称で語った作品で好色性がいやらしいまでに打ち出されている。「人の世の破滅はまさにこれから始らうとしてゐるのではなからうか。果敢《はかな》い淋しい心持は平和の聲をきいてから却て深く僕の身を絶望の底に沈めて行くやうに思はれる」という虚無的な感慨は、前述した『つゆのあとさき』の松崎博士のそれよりもさらに深まっていることが認められる。同年九月刊行の「來訪者」は、「わたくし」を訪問する二人の青年文士、木場貞と白井巍が「わたくし」の未発表の原稿を借り出してその中の「怪夢録」を本物そっくりの偽書本に仕立てたので「わたくし」は二人の身辺を探偵させ彼らの行状消息を知るという筋立てのモデル小説で、「怪夢録」は「四疊半襖の下張」を、白井は平井程一を、木場は猪場毅(富山房社員)を指していた。したがって前半には平井・猪場に対する筆誅《ひっちゅう》の意図があり、後半は怪談仕立ての創作となっている。

これらの作品の中では「踊子」と「勲章」ができばえがよい。「腕くらべ」の新橋、「おかめ笹」の白山、「つゆのあとさき」の銀座、「濹東綺譚」の玉の井、そしてここに浅草が加えられたのである。荷風文学はそうした場所を通して見た東京の一大風俗史の観を呈している。そして、荷風にとって風俗を描くということは、形を通して人間を把握することを意味していた。可視的現実をただ写せばよいわけではなかったのである。

昭和二二（一九四七）年一月七日、荷風は市川市菅野二七八番地の小西茂也宅に移った。小西はフランス文学者で特にバルザック研究の専門家で、荷風を敬愛していた。

同月一二日の日記には「夜扶桑氏來り猪場余が往年戯《たわむれ》にものせし春本襖の下張を印刷しつゝある由を告ぐこの事若し露見せんか筆禍忽《たちま》ち身に及ぶべし憂ふべきなり」とある。「往年」とは大正六年と見てよいであろう。即ち同年六月七日付籾山庭後に親展で出した書簡に「此頃引籠りてたいくつ限りなければバ四疊半襖の下張と云ふいかがはしきもの書綴り居りゆこれはとても聖人君子の前にて讀むべきものにあらず内〻自費出版致度き考」である、と述べている。果たして昭和二三（一九四八）年五月七日、秘密出版の「四疊半襖の下張」が摘発され、同月一〇日、荷風は警視庁の事情聴取を小西方で受けたが、八頁二行目以降は自分のかいたものではないという主旨の参考聴取書をかくことで事なきを得た。それをかく時の荷風の手はブルブルと震えていた、とそれにあたった渡辺允夫警部は伝えている。

同二二年六月、五叟宅に預けて置いた蔵書四、五〇冊と「ひとりごと」の原稿が五叟の娘によって智新堂書店に売却されるという事件が起こった。五叟は驚いて三冊をのぞいた残品すべてを返却してもらい、荷風に不行届きを詫びた。しかし、荷風の心は解けなかった。これがもとで荷風は養子永光の離籍を迫った。訴訟となったが理由薄弱で勝訴の見込みなく、荷風は告訴を取り下げた。

自分に親身になってくれる人々と齟齬《そご》が生じ行き来が絶えてしまうのは荷風の常である。そこには多分に自己中心的で他人の思いは無視する彼のわがままさが原因していた。五叟の場合もそうであり小西茂也の場合も例外ではなかった。特に戦後の彼にはその傾向が強い。戦火と長い間の独居は彼を他者と同居不可能な固陋《ころう》な老人にしてしまったのである。晩年の荷風が死ぬまで交友を持ったのは相磯《あいそ》凌霜《りょうそう》・小門《おかど》勝二（小山勝治）・高橋邦太郎などの極く少数の人たちにすぎない。

「楽屋入り」と文化勲章

同年一二月二八日、市川市菅野一一二四番地の瓦葺平家建一八坪、三畳・四畳・八畳に小さな庭のある古家に移転した。独居である。誰にも気兼のいらない生活がまた始まった。

午下省線にて淺草驛に至り三ノ輪行電車にて菊屋橋より公園に入る。罹災後三年今日初めて東京の地を踏むなり。菊屋橋角宗圓寺門前の石の布袋《ほてい》恙《つつがな》くして在り。仲店兩側とも焼けず。傳法

院無事。公園池の茶屋半焼。池の藤恙し。露店の大半古着屋なり。木馬館舊の如し。（下略）

右は昭和二三（一九四八）年一月九日の荷風日記の一節である。この日、荷風は戦後初めて浅草に足を運んだ。それから死の二ヶ月ほど前の三四（一九五九）年三月一日まで浅草に通い続けている。二三年三月一二日、荷風は浅草六区の大都劇場の楽屋に案内され、そこでオペラ館楽屋で知った踊子数名に逢った。一七日にはロック座の楽屋を訪れている。いずれも日記によく出てくるストリップ劇場で、ロック座の脚色演出担当者仲沢清太郎によれば、裏方の一部の人たちは荷風のそれを「楽屋入り」と称した。それは午後七時前後で黒いベレーに背広、紺足袋に下駄ばきというスタイルで札束を包んだ風呂敷包の入っている買物籠をいつも手離さなかった。その中には他に針と糸、小さな鋏《はさみ》にハナ緒の前壺などが入っていた、という。昭和二四（一九四九）年三月には彼の浅草向脚本「停電の夜の出來事」が、六月には「春情鳩の町」が大都劇場で、二五（一九五〇）年五月には「渡鳥いつかへる」がロック座で上演された。荷風は通行人として舞台にも登ったので話題となった。要するにオペラ館における「葛飾情話」上演とほぼ同じことを繰り返したのであるが、その時には「勲章」や「踊子」が制作されていた。しかし、今度は単行本『勲章』（昭22・5刊）に収められた「羊羹《ようかん》」「腕時計」「或夜」「噂ばなし」「靴」「畦道」の六編をはじめ、「にぎり飯」（昭24・1）「心づくし」（同年5）「秋の女」（同年7）「買出し」（昭25・1）「裸體」（同年2）「吾妻橋」（昭29・3）など全部で二五編の短編小説が発表されているがいずれも昔日のおもかげはない。ただ総武鉄道の買出し電車を背景に、買出しの老婆の頓死とそれに対する四十女の、

「やっぱりお陀佛だ。」

暫《しばら》くあたりを見廻してゐたが、忽ち何か思ひついたらしく背負ひ直したズックの袋をまたもや地におろし、婆さんの包と共に辻堂の縁先まで引摺つて行き、買出して來た薩摩芋と婆さんの白米とを手早く入れかへてしまつた。その頃薩摩芋は一貫目六七十圓、白米は一升百七八十圓まで騰貴してゐたのである。

おかみさんは古手拭の頰冠《ほうかむり》を結び直し、日向《ひなた》の一本道を振返りもせずに、すた〳〵歩み去つた。

という冷酷さを描いた「買出し」はこの期の最もできばえのよい佳作で、そこに示された虚無的な人間観には「人間は互に不可解の孤立に過ぎない」という彼のモーパッサン理解の徹底した深化が認められる。そういえば昭和二三年一一月に刊行された『偏奇館吟草』の中の「絶望」には「死は救の手なり。虚無は惠なり」と唄われていた。

昭和二七（一九五二）年一一月三日、荷風は朝永振一郎・安井曽太郎・佐々木惣一・辻善之助・梅原龍三郎・熊谷岱藏《だいぞう》と共に文化勲章を受賞し、年金五〇万円を得た。文部省側では荷風は辞退する

だろう、と予測していたが、それに反して荷風はあっさり受けたのである。事実、昭和一二年に芸術院が新設され会員候補にあげられた時荷風ははっきりことわっている。そして、文化勲章受賞後の二九（一九五四）年一月には芸術院会員（年金つき）をあっさりと受諾している。なお文化勲章の受賞理由は「温雅な詩情と高まいな文明批評と透徹した現実観照の三面が備わる多くの優れた創作を出した外江戸文学の研究、外国文学の移植に業績をあげ、わが国近代文学史上に独自の巨歩を印した」というところにあった。

終焉

昭和三二（一九五七）年四月二九日の荷風日記には「晴。正午淺草。アリゾナにて食事」とある。これが日記の全文で、彼の衰弱を示している。荷風は一一時二〇分ごろ浅草につき、一一時半には現浅草一丁目三四番二号にあるレストラン、アリゾナに入るのが常であった。以下アリゾナについては現女主人の松本操の直話による。「正午淺草」はこの調子で三四（一九五九）年三月一日まで続く。

三月一日　日曜日。雨。正午淺草。病魔歩行困難となる。驚いて自動車を雇ひ乗りて家にかへる。

荷風はこの日アリゾナでいつもの通りゆっくり食事をすませて一時ごろ座を立ち勘定を済ませてドアを開け入口から下の舗道に下りる時よろけた。それを見ていた女主人が手を支えて「雷門まで送りましょうか」というと「大丈夫だよ。すまないね」といっていつもよりのろい足取りでいつもシャンとしているのにうつむきかげんに歩いて行った。女主人が心配してそっとあとをついて行くと、仲見世の裏を通って雷門に出てタクシーに乗って帰って行った。したがってボーイを付添わせるとか荷風がそれを押しのけたとかいうことはなく、足取りはいつもよりのろかったけれど雷門まで数十分などかからなかった、という。

以後日記には「正午大黒屋」の文字が見える。大黒屋は京成八幡駅裏の食堂で、荷風の家から近かった。荷風はここで食べたカツ丼を丼の中に吐いてしまったが、それをまた食べるということがあった。また、医者や薬や看護婦を世話しようとする人がいてもそれまで呻《うめ》き声を発していたのに端然と正座して応対しその申し出をきっぱりとことわった、という話も伝わっている。

佐藤春夫はそうした荷風を「自然死による覺悟の自殺を企ててゐたものとしか、わたくしには考へられない」(『小説永井荷風傳』)と解釈している。

昭和三四年四月三〇日朝九時ごろ荷風の身の回りの世話をしていた福田とよという通いの老婆がやってきて声をかけたが返事がない。不審に思って奥の六畳間(書斉兼居間にあてられた蜘蛛の巣だらけの部屋)の襖を開けてみると、荷風は万年床の蒲団から半身を乗り出し南向きうつぶせに顔を右にむけて急死していた。ふだん着の紺の背広にこげ茶のズボン、頭にマフラーをかぶっていた。いつも肌身離さず持ち歩いていた財産を入れたボストンバッグは枕元に置いてあった。傍らの火鉢の中と枕元の畳の上に吐血していた。死因は「胃潰瘍《かいよう》の吐血による窒息死」(『荷風外傳』)で死亡推定時刻は早朝三時ごろである。多分外から帰って苦しくなり、火鉢の中に吐血し、力も失せて再度畳の上に吐血して果てたのであろう。死顔は苦しそうな表情はなく、おだやかなそれだった。こうして荷風は誰にも見られずにその個人主義の思想と生涯を完了したのである。享年七九歳であった。

死の前日の日記には「四月廿九日。祭日。陰」とだけ記されている。文学的にはこれが絶筆だった。遺産は土地家屋と約三千万円の高額な金と著作権のほか、文化勲章と若干の蔵書(鷗外・露伴・荷風の全集、フランス原書、『枕山詩抄』などの漢籍)があるばかりだった。遺書はなかった。

五月一三日、雑司ケ谷の永井家墓地で埋葬式が執行され、三回忌には「永井荷風墓」の墓碑が建てられた。

第二編　作品と解説

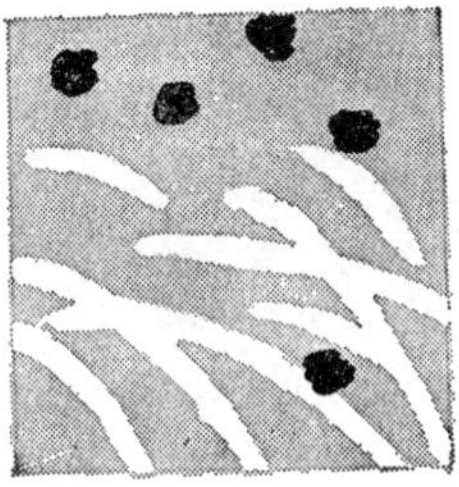

荷風文学を理解するためには、その資質が定まった『あめりか物語』・『ふらんす物語』、戯作者的姿勢を示す「花火」・「散柳窓夕栄」、生涯にわたっての代表作『腕くらべ』・『濹東綺譚』などが必読作品であろう。そこでこの第二編では、この五編について解説を試みてみよう。

『あめりか物語』

創作と印象記

永井荷風は明治三六（一九〇三）年九月二二日、郵船会社の汽船信濃丸で横浜港からアメリカにむかった。父久一郎が彼を「將來日本の商業界に立身の道を得せしめんが爲め學費を惜しまず」（「西遊日誌抄」明39・7・10）外遊せしめたのであり、荷風の方はアメリカで自由に芸術の勉強をしながら、予《かね》てあこがれていたフランスへ行く機会をつかもうと考えていた。その当時にあって、「正當」な道を歩ませようとする父親の意志と、正当でない文芸の修業をしようとする息子の意志との間には大きな隔たりがあったのである。

明治四〇（一九〇七）年七月一八日、ハドソン河口の波止場からフランスに発つまでの荷風の滞在地は次のとおりである。

明治三六年一〇月～明治三七年一〇月八日　タコマ

明治三七年一〇月一三日〜同年一一月下旬　セントルイス、カークウッド
明治三七年一一月二二日〜明治三八年六月一五日　カラマズー
明治三八年六月三〇日〜同年一二月三日　ニューヨーク↓ワシントン（七月一九日〜一一月二日）↓ニューヨーク↓カラマズー
明治三八年一二月四日〜明治四〇年七月一八日　ニューヨーク

そして、明治四〇年九月二三日付西村恵次郎宛書簡には「先達小波先生のところへ、僕の短篇集を出版して貰《もら》ふ様に相談した」「原稿は皆米國に関するものばかりで二十二三篇はあらう。其の中には博文館の雑誌へ出したものもある」とあり、同年一二月一一日付西村恵次郎宛書簡には「十一月の末に、原稿を出版するつもりで、小波先生の手元へ郵送した」とある。これが『あめりか物語』で明治四一（一九〇八）年八月、荷風の希望どおり博文館から刊行された。配列順の内容・初出などは次のとおりである。

巖谷小波への獻辭
ボードレール「旅」原詩と譯詩
船室《キャビン》夜話（末尾に「(完)(三十六年十一月)」とある。明37・4「文藝倶樂部」に発表。元版『荷風全集』より「船房夜話」と改題）
野路のかへり（末尾に「明治三十八年一月」とある。明39・2「太陽」に「強弱」の題名で発表。元版『荷

風全集』より「牧場の道」と改題）
岡の上（「末尾に三十七年三月」とある。明38・6「文藝倶樂部」に発表）
醉美人（末尾に「(完)」とある。明38・6「太陽」に発表）
長髪（明39・10「文藝倶樂部」に発表）
春と秋（明40・10「太陽」に発表）
雪のやどり（明40・5「文章世界」に発表）
林間（末尾に「(三十九年十一月)」とある）
惡友（末尾に「(四十年六月)」とある）
舊恨（末尾に「(四十年正月)」とある。明40・5「太陽」に発表）
寝覺め（末尾に「(完)(四十年四月)」とある）
夜の女（末尾に「(四十年四月)」とある）
一月一日（末尾に「(四十年四月)」とある）
曉（末尾に「(四十年五月)」とある）
市俄古《シカゴ》の二日（末尾に「(ミシガン州三十八年三月)」とある。明38・12「文藝倶樂部」に発表）
夏の海（末尾に「(紐育三十八年七月)」とある。明39・3「新小説」に発表）
夜半の酒場（末尾に「(三十九年七月)」とある。明39・10「太陽」に発表）

おち葉（目次・扉は「落葉」。末尾に「（ニューヨーク三十九年十月）」とある）
支那街の記（中央公論社版『荷風全集』より「ちゃいなたうんの記」と改題）
夜あるき（末尾に「（紐育四十年四月）」とある）
六月の夜の夢（末尾に「船中（四十年七月）」とある）
附録フランスより
船と車（末尾に「（リヨン市四十年七月）」とある）
ローン河のほとり（末尾に「（リヨン市四十年八月）」とある）
秋のちまた（目次は「秋の巷」。末尾に「（リヨン市四十年十一月）」とある）
これを中央公論社版『荷風全集』第三巻（昭24・9刊）、岩波書店版『荷風全集』第三巻（昭38・8刊）のそれと照合すれば、
「船房夜話」（明治三六年一一月）、「牧場の道」（明治三七年一月）、「岡の上」（明治三七年一二月）、「酔美人」、「長髪」（明治三九年五月）、「春と秋」（明治三九年五月）、「雪のやどり」（明治三九年六月）、「林間」（明治三九年一一月）、「悪友」（明治四〇年六月）、「舊恨」（明治四〇年正月）、「寝覺め」（明治四〇年四月）、「一月一日」（明治四〇年五月）、「曉」（明四〇年五月）、「市俄古の二日」（明治三八年三月）、「夏の海」（明治三八年七月）、「夜半の酒場」（明治三九年七月）、「落葉」（明治三九年一〇月）、「夜の女」（明治四〇年四月）、「ちゃいなたうんの記」、「夜あるき」（明治四〇年四月）、「六月の夜の夢」（明治四〇年七月）

となっている。このうち、「牧場の道」は明治三八年一月、「岡の上」は明治三七年一二月の脱稿であることが竹盛天雄、平岩昭三の研究によって明らかにされた。初版の目次では「曉」と「市俄古の二日」の間が＊印五つで区切られているが、これは「市俄古の二日」の前までが創作で、以降が日記風の印象記であることを示している。元版『荷風全集』（大8・6刊）以降「夜の女」を「落葉」の次に移していることは「夜の女」が実見にもとづくものであり、創作性が希薄であることを示している。

移民を題材に

「船房夜話」は「完」とあるから独立した短編小説として執筆されたのであろうが期せずして『あめりか物語』全編のプロローグとなっている。アメリカ行の船中で「私」が知り合いになった二人の人物のうち、柳田は「最初或學校を卒業した後、直樣會社員となつて、意氣揚々と濠洲の地へ赴いた」が洋行帰りの肩書きを余りに多く思い過ぎたため不遇で「再び海外へ旅の愉快を試みやうと決心」した人物で、もう一人の岸本は「何處の學校をも卒業した事がない」ため「何時も人の後に蹴落されてのみ居た」ので妻の愛情をふりすててアメリカへ「學校の免狀」を取得しに行く決意をした人物である。武田勝彦は『荷風の青春』で「岸本ほど作者から暖い目で見られない柳田でさえその欠陥の原因は柳田を取り巻く人間の側に置かれている」と説いている。初出では「運命の神―不可知の大作者！願くは此等の活小説の結末をば、軈《やが》て目出度い大團圓のもので有らしむる様に……！」とある。拡大していえばこれは「私」＝荷風の分身をも含めて明治官僚体制から疎外された人々の再生を期しての旅という意味をもっているのである。

「牧場の道」は日本人出稼労働者の悲惨な現実を描いている。同じ題材を描いたものに「舎路港《シアトル》の一夜」「夜の霧」（末尾に「明治三十六年十一月」）があるが両作共『あめりか物語』には収められていない。「夜の霧」はタコマを舞台とし、最後の一節で貯金取扱所の破産のため無一文になった出稼の鉄道人夫が整理取り調べの結果その金がもどったのに狂乱して賭博ですべてすってしまい、今は癲《てん》狂院に入れられている、という話が語られている。「牧場の道」は妻を伴ってタコマにきた日本人出稼労働者が仲間に妻を輪姦され狂気となって癲狂院に収容されるという話であるが、前二作と違ってこの話をする友人との会話やタコマの美しい自然を話の前後に置いている。また、「彼等は外国で三年の辛苦をすれば國へ歸つてから一生樂に暮せるものとのみ思込んで」云々は明治三七（一九〇四）年七月二七日付生田葵山宛書簡の「此地在留の日本人社會の有様は実に悲惨極るものばかり人間と云ふものは斯くまでに成功と云ふものの爲に自分からして悲惨な運命を招くものかと思ふと何となく厭世的になる」という記述と照応する。そこには実利を第一とする生き方への疑問が提示されている。

日本人の移民を題材としたものには他に「惡友」がある。これがモーパッサンの「旧友パシアンス」の影響によるものであることは伊狩章「永井荷風とモーパッサン—その比較文学的考察—」

（『国語と国文学』昭29・6）に詳しい。「醜業婦密航の媒介と賭博をして暮して居る」主人公の山座の「人間は一ッ悪い方へ踏出したら、中途で後戻りをしやうたッてもう駄目だ」云々という言葉にある暗さは「旧友パシアンス」にはないものであり、『あめりか物語』にこうした人生のふきだまりに転落していく人物が描かれていることは注意されよう。

こうした作品はできばえはよくないが、明治三〇年代のアメリカにおける日本人の移民のありようを後代に伝える時代の証言としての意義をもっている。

芸術上の革命

明治三七年一月五日の「西遊日誌抄」の記事には「亞米利加に來りてより余が胸裏には藝術上の革命漸く起らんとしつゝあるが如し。近時筆を執れども一二行すら満足には書き能はざるは蓋《けだし》此の如き思想混亂の結果たらずんばあらず。余はゴーチエーの如き新形式の傳奇小説を書きたしと思ふ念漸く激しくなれりと雖も未だ其の準備十分ならず徒に苦悶の日を送るのみ」とある。荷風がゴーチェのどの作品を読んでいたのかはわからない。しかし、テオフィル＝ゴーチェがロマン派の詩人として出発（川口顕弘「ゴーチェ雑記」には彼の第二詩集『アルベルテュス』は「絶世の美女に化けた見るも怖ろしい老魔女に誘惑され、むごたらしく殺される青年画家の話」であると記されている）し、男装した主人公が貴婦人と紳士から愛され最後に秘密をあかして紳士に身を委せるという奇想天外な小説『モーパン嬢』の序文では「芸術のための芸術」を主張し、真に美しいものは、何の役にも立てないものばかりだ。有用なものはみんな醜い」（田辺貞之助訳）といったことは広く知られている。荷風は「佛國文壇の表徴派について」（明42・4発表）においてゴーチェを「所謂高踏派《パルナス》（耽美派とも言ひ、形式の美を尚べるもの）」の一人にあげ、「谷崎潤一郎著近代情癡集敍」（大8・9発表）では谷崎の「藝術の怪異神祕にして又妖艶《ようえん》荘厳なるは正に埃及《エジプト》太古の殿堂にも似たり」といい、「これを西歐の文壇に求むるも亦纔《わずか》に佛蘭西のゴーチエー及ピエールルイ（ママ）等二三家を得るに過ぎざる可し」と述べている。荷風の「藝術上の革命」が反実利に立脚した耽美主義の芽ばえであったことが推定されるのである。

　次いで明治三七年四月二六日付生田葵山宛書簡には「ゾラはあまり極端だよ。然しモーパッサン、ドーデーあたりの筆つきは僕の模せんとする處だ。」「佛蘭西的の華やかな悲劇が僕には一番適して居ると自ら思つて居るのだ」とある。佐藤春夫は「荷風の胸裡に萌《きざ》した藝術的革命は往年の新梅暦の作者をして『春水とモーパッサンとの奇妙な合の子』たらしめた」（『荷風雑観』昭22・12刊）と指摘し、『あめりか物語』中の作品では「長髪」をあげている。「酔美人」と「長髪」は荷風の「美の夢」（「西遊日誌抄」明治三八年一二月七日の記述）であり、構成やヒントはモーパッサンによっていても、その内容の意図するところは、ゴーチェの反実利に立脚した耽美の視点にあるというのが筆者の持論である（拙稿「在米時代の永井荷風―『あめりか物語』を中心に―」「立教大学日本文学」昭42・6）。「酔美人」はモーパッサンの「アルーマ」によっていても、その主眼は功利的には何の役にもたたない美のために死んだ男への賞讃にあり、「長髪」の主人公國雄は「世には金錢上の慾心から年上の女に愛されたいと思ふものが多いが、彼のみは富よりも猶高價な名譽と地位とを擲つてまで、其の奇異な一種の望みを遂げやうとする」（傍点筆者）と説明されているのである。

「寝覺め」もモーパッサン風の短編小説であるが、好色で身勝手な主人公の澤崎が「洋行と云ふ虚榮の聲に醉ひ、滞在手當金幾弗との慾に動され、名と利との二道をかけて」（傍点筆者）渡米した人物であることが注意されよう。

ロマンティスト荷風

荷風が滞在したころのアメリカ社会はどういう状況にあったのだろうか。

「夜の女」の内儀《おみか》は「大統領ルーズベルトもマッキンレーもまだ鼻ッ垂しの時分から」水商売に入ったのだ、という。一八九六年の選挙で大統領に就任したマッキンレーの勝利は「巨大な資本の農民や労働者に対する完全な勝利であった」が、彼は一九〇一年に暗殺され、セオドア＝ルーズヴェルトが大統領に就任し、「彼は国の社会的、経済的問題について政府が公共の利益のために積極的に関与しなければならないと主張し、〈スクェアーディール〉というスローガンを唱えた」けれども、「とくに悪名高い会社のほかは問題にするつもりはなかった。彼は巨大企業の発展は必然的であり、能率的であると思っていた」（清水博編『アメリカ史』）。

「市俄古の二日」にはこうしたころのシカゴの中流家庭を訪問した時の印象が語られている。その第一日では、友人ジェームスと彼の婚約者のステラとが彼らの思い出の「夢の曲」を合奏する幸福な有様が語られる。そして、語り手の「自分」は「心の底からステラの幸福を祈る切なる情に迫められると同時に、幸なるかな、自由の國に生れた人よ、と羨《うらや》まざるを得なかつた」と述べると同時に初出では「獰悪な専制的な父の顔、唯だ諾々《はい〳〵》盲従して居る悲しげな、無氣力な母親の顔」が対比され「自分は小供心ながら、世に父親ほど憎いものはないと思つた」と記されている。このモチーフは「一月一日」「曉」にも描かれているばかりでなく、荷風の前半生を貫いている。もともと荷風は儒教倫理に根ざした日本の家庭に疑問をいだいていたが、アメリカでその疑問が正しかったことが認められ、自己の考えに自信を持ち、それが「一月一日」「曉」の制作の思想的基盤となったのである。後年『冷笑』（明42・12・13〜明43・2・28発表）の中で中谷丁蔵の家庭を「音樂のある家庭」としているのはここに由来しよう。

『あめりか物語』中の「落葉」の扉

「市俄古の二日」の第二日の記述にあるように荷風はアメリカの機械文明に多くの日本人が多分そう感じたであろうように驚嘆せずにはいられなかった。それと同時に「漠然たる恐怖」にうたれている。それは「怪物《モンスター》」というより外にないもので美は感じられなかった。実利を第一とするアメリカの社会も好きになれなかった。「落葉」の中で荷風は「アメリカの流行は商業國だけあつて形が俗である。自分は飽くまで米國の實業主義には感化されないと云ふ事を見せたいばかりにいろ〳〵苦心した結果は、『愛の詩《ラムルーズ》』を書いた時分の若いドーデの肖像か、もしくは寧《むし》ろバイロンをまねたいものだと毎朝頭髪を縮し太い襟かざりをばわざ〳〵無造作らしく結ぶのである」と述べている。好む対象と同化したいという欲求は明らかにロマンティックな資質を示している。こうした欲求が荷風をフランスへと駆り立てたことは想像するに難くない。それを拒絶する父の書簡に接するごとに激しい動揺を見せている。こうした時に失望をやわらげてくれる存在が明治三八（一九〇五）年九月一三日から交渉の続いた娼婦イデスであった筈である。ところがイデスがニューヨークに到着した明治三九（一九〇六）年七月八日の「西遊日誌抄」の記述には「余は宛然《えんぜん》佛蘭西小説中の人物となりたるが如く、その嬉しさ忝《かた》じけなさ涙こぼるゝばかりなれど、それと共に又やがて來るべき再度の別れの如何に悲しかるべきかを思ひては寧ろ今の中に斷然去るに如かじとさま〴〵思ひ悩みて眠るべくもあらず。今余の胸中には戀と藝術の夢との、激しき戰ひ布告せられんとしつゝあるなり」とある。今詳述する余裕はないが文中の「佛蘭西小説」は明らかに青年ジャンと魅力的な娼婦ファニーとの出会いから別れまでを描いた「パリ風俗」の副題のあるアルフォンス＝ドーデーの『サフォー』“Sapho”を指している。ここでも荷風はフランス文学と同化しようとしているのだ。「藝術の夢」が「戀」よりも勝ることは明らかである。「ちやいなたうんの記」や「夜あるき」にはボードレールの詩集『悪の華』（周知のようにゴーチェへの献辞がある）を引きながら享楽によって習慣や道徳の「刑罰」に抗し、自由を求める青年の心情が吐露されている。この時「ちやいなたうん」はアメリカではなくフランスの詩と同化した場となっている。

こうした資質の荷風がラマルチーヌやミュッセなどのロマン派の詩に共感したことは察するに難くない。その所産が「六月の夜の夢」で、初版では最後は「あゝ。あゝ。／Rapelle-toi—Rapelle-toi—」という詠嘆で終わっている。また、月の光・夜の鳥・虫の声・草の薫・木の葉の囁《ささや》きといった甘美な夢に満ちた優しい世界があって始めて愛が成立する構造は帰国後の作品では例えば「松葉巴」（明治45・7発表）に受け継がれている。こうした清らかな作品がかかれたのは、フランス行が決定した明治四〇（一九〇七）年七月二日以降に成立したことによるものであろう。この作品は『あめりか物語』の最後に置かれるべくして置かれた作品なのである。

『ふらんす物語』

発売禁止をめぐって

荷風がアメリカのハドソン河口の波止場からフランスのルアーヴル港に到着したのは明治四〇（一九〇七）年七月二七日である。同年七月三〇日から四一年三月二八日まではリヨンに滞在（四〇年一一月にはマルセイユからプロヴァンスを旅行）し、四一年三月二九日から五月二八日までパリに滞在している。この約一年間の「印象を逸せざらむが爲、銀行帳簿のかげ、公園路傍の樹下、笑聲絃歌のカフェー、又歸航の船中に記録したりしを後に訂正」（『ふらんす物語』序）し終わったのは、明治四二（一九〇九）年一月初旬のことで、その時には既に書名も定められていた。それが刊行の運びとなったのは明治四二年三月のことである。三月二五日付で博文館から発行されるところ届出の当日、当局から発売を禁止された。その対象となったのは「放蕩」と「異郷の戀」だった。この間の事情は「フランス物語の發賣禁止」（明42・4・11「読売新聞」）・「別に何とも思はなかつた」（明42・8「太陽」）にくわしく語られている。前者には「私は此場合必死になつて爭ふのが至當であると思ふのですが、勝利を得るか否かの問題に思至ると、私はもう一度フランスの社會一般の氣風を考へて意氣地なく逡巡してしまひます」とある。因みに一八九一年フランス上院における「娼婦エリザ」（エドモン＝ゴンクール作、ジャン＝アジュルベエル脚色）の上演禁止をめぐっての討議の速記録（抜萃）を岸田国士が訳している（『ふらんすの芝居』三笠文庫昭28・2刊）。これを読むと荷風の胸中がよく察せられるのである。『ふらんす物語』の配列順の内容・初出などは次のようになっている。

永井素川への献辞

序

小説　放蕩（末尾に「明治四十一年十二月」とある。『二人妻』大12・6刊より「雲」と改題）

脚本　異郷の戀（昭27・12「中央公論」に発表）

ふらんす日記

除夜（明42・1「笑」に発表。末尾に「ふらんす日記の一説《マヽ》」とある。元版『荷風全集』より「霧の夜」と改題）

晩餐（明42・1「趣味」に「晩餐の夜」の題名で発表）

祭の夜がたり（明42・1「新潮」に発表）

蛇つかひ（明41・11「早稲田文學」に発表。末尾に「ふらんす日記」とある）

ひとり旅（明41・9「中學世界」に発表。末尾に「ふらんす日記の中」とある）

再會（明41・12「新小説」に「成功の恨み」の題名で発表。末尾に「ふらんす日記の一節」とある）

羅典街の一夜（明42・1「太陽」に「カルチエー、ラタンの一夜」の題名で発表。末尾に「ふらんす日記の中」とある。元版『荷風全集』第二巻より「おもかげ」と改題）

モーパ《ママ》サンの石像を拝す

橡《とち》の落葉

橡の落葉の序

墓詣

休茶屋

午すぎ（中央公論社版『荷風全集』第四巻より「ひるすぎ」）

裸美人

戀人（明41・12「趣味」に「舞蹈」「美味」「オペラの舞姫」と共に「紅燈集」の総題で発表）

舞蹈（大4・5刊の桐友散士編『荷風傑作鈔』より「夜半の舞蹈」と改題）

美味

舞姫

かへり道

巴里のわかれ（明41・10「新潮」に「ADIUE《わかれ》」の題名で発表。末尾に「ふらんす日記」とある）

黄昏《たそがれ》の地中海（明41・11「新潮」に発表）
砂漠（大7・6「花月」に「ポオトセット」と改題して発表。元版『荷風全集』より「ポートセット」と改題）
悪感《おかん》（明42・1「秀才文壇」に「歸航記の一」の副題つきで発表。中央公論社版『荷風全集』より「新嘉坡《シンガポール》の數時間」と改題）

附録
西洋音樂最近の傾向（明41・10「早稲田文學」に発表）
歌劇フオースト（明40・6「新小説」に「オペラの『フアウスト』」の題名で発表。『荷風傑作鈔』より「歌劇フォーストを聽くの記」と改題）
歐洲歌劇の現狀
歐米の音樂會及びオペラ劇場（明41・8・20〜9・13、20「歐米に於ける音樂會及オペラ劇場」の題名で「読売新聞」に発表）
佛蘭西觀劇談（明41・12・21、22「國民新聞」に発表）

これを中央公論社版『荷風全集』第四巻（昭23・12刊）、岩波書店版『荷風全集』第三巻（昭38・8刊）のそれと照合すれば、
「船と車」（明治四〇年七月リヨンにて）、「ローン河のほとり」（明治四〇年八月リヨンにて）、「秋の

ちまた」（明治四〇年一一月リヨンにて）、「蛇つかひ」、「晩餐」、「祭の夜がたり」、「霧の夜」、「おもかげ」、「再會」、「ひとり旅」、「雲」（明治四一年一二月）、「巴里のわかれ」（明治四一年六月船中にて）、「黄昏の地中海」、「ポートセット」、「新嘉坡《シンガポール》の數時間」、「西班牙料理」（明治四二年正月草、明43・2「屋上庭園」に発表）、「橡の落葉」（「橡の落葉の序」、「墓詣」、「休茶屋」、「裸美人」、「戀人」、「夜半の舞蹈」、「美味」、「ひるすぎ」、「舞姫」）

の配列となっている。これが流布本の原形である。また、大正四（一九一五）年一二月に博文館が損失をつぐなうため強行出版した『新編ふらんす物語』が作者の意に反したものであることは「書かでもの記」に詳しくかかれている。参考までにその編成を記しておく。

「除夜」、「晩餐」、「蛇つかひ」、「ひとり旅」、「再會」、「羅典街の一夜」、「橡の落葉」（初版の「橡の落葉の序」にあたる部分をこの題名で収録）、「墓詣」、「休茶屋」、「裸美人」、「戀人」、「夜半の舞蹈」、「美味」、「巴里のわかれ」、「黄昏の地中海」、附録「をさめ髪」、「花ちる夜」、「薄衣」（以上初期小説三編の人物名・地名などは外国のそれに変更）、「西洋音樂最近の傾向」、「歌劇フオースト」（「グノーの「フオースト」」、「ベルリオの『フオーストの地獄落』」）、「歐洲歌劇談」、「歐米の音樂會及オペラ劇場」（「紐育につきて」、「巴里につきて」）、「佛蘭西觀劇談」

「女性的」自然とサンラザールの印象

荷風は「船と車」でフランスの風景を「多年自分が油繪に見て居た通りで、云はば美術の爲めに此の自然が誂《あつらえ》向きに出來上つて居るとしか思はれない」（傍点筆者）とかいている。この時、正に「自然が芸術を模倣」（オスカー＝ワイルド）していたといえる。そうした耽美的姿勢と同時にここにはそれまでに培われてきた観念の実感化が認められる。「『自然』其のものが美麗の極、已にクラシックの類型になりすまして居るやう」であるとも述べている。自然は彼の美なる観念を裏切らなかったのである。

荷風は「カンサス州の牧野ミゾリ州イリノイス州の玉蜀黍《とうもろこし》畠の景色には何處にか云ひ難い荒凉無人の氣味」があるといい、アメリカの自然を「男性的」とし、「嚴格なる父親の愛」にたとえ、フランスの自然を「女性的」とし、「母親の心と云ふよりも、寧ろ戀する人の情」にたとえている。しかし『あめりか物語』中の「夏の海」には「ミゾリ州の落葉の村、ミシガン州の果樹園の夕暮に忘れられぬ詩興を催され漫《そぞろ》に感じた事がある」と記されている。アメリカにも「女性的」自然があったわけであるが、今や美なる自然はすっかりフランスに吸収されている。自然については観念の実感化が成されるにつれ、その観念は強化されているといえよう。

では人間についてはどうであろうか。サンラザールの停車場に到着した時「人間が皆なゆっくりして居る。米國で見るやうな鋭い眼は一ツも輝いて居ない。後から旅の赤毛布を突飛して行く様な無慈悲な男は一人も居ない」と観じている。そしてこれは荷風が痛切に思ったところであり、「異郷の戀」（初版『ふらんす物語』に「脚本」と銘うって所収）では「大日本帝國臣民はロシヤに勝つた進取活動の勇者であります。虚礼柔弱の國民ではありません。電車に上り下りする時にも、決して婦女をつッころばすの意氣を失ひません」と作中人物の藤崎に言わせている。この言辞はサンラザール駅での思いが無くては出てこない。「異郷の戀」の成立はフランス到着後か帰国後であると考えられる。さらに後年の『新橋夜話』（大1・11刊）中の「掛取り」（明45・2発表）には「其の次の電車にさへ、お葉は横合からづいと立現はれた色の黒い大男の爲めに折角片足踏みかけた臺から押除けられてしまつた揚句、二重廻しの袖でいやといふほど、銀杏返しの片鬢《かたびん》を逆撫ぜにされた」云々とある。サンラザール駅で観じたフランス人の生活マナーが日本文明批判の基盤となっていることが知られる。また、リヨンに出発する際、宿屋のマダムが「ほんの其の場の思付」で手渡してくれた白薔薇が効果的に描かれているが、それが美しいのは功利を伴わぬ無償の心づくしであるからである。そして、「世界は其の進歩の歴史に關係のない自分を知る事なく、此のマダムの白薔薇をも知る事なく、従前通り無限に過ぎ去つて行くのであろう」という認識には自分の意志にかかわりなく世界は過ぎ去って行くのだという異郷を一人旅する旅行者の孤独が感じられる。

耽美的情調

次作「ローン河のほとり」（明40・11稿）は美しいフランスの自然―「漠然たる夢現の世界」に「過にし夢、仇なる思出」を融合させた作品である。竹盛天雄は「身體も心も非常に疲れた」云々の一節をとりあげて「ここには世紀末的な耽美的な情調を通しての、美的気分としての『疲れ』が見いださる」と指摘している(旺文社文庫『ふらんす物語』解説)。「耽美的情調」はこの作品集全体を貫いており、この作品の「別れた女」をも包み込んでいる。この女性はアメリカで交渉のあったイデスと考えられるが、「自分はどうしても二度彼の女を見る事なくして、戀しい逢ひたいと思ふ悲しい一念の中に死なねばならぬ……」と相違して、のち明治四一(一九〇八)年一月三一日の日記には「今年になりて二度ほど手紙を書きたれど、イデスよりは返書さらに無し。ああ、吾等の逢瀬は盡きはてぬるか!?」(岩波版『荷風全集』第一九巻「西遊日誌稿」)とあり、三月二一日の「西遊日誌抄」には「再び紐育に歸りてイデスをたづね惡徳不良の生活を再演せんか」とある。さらに相磯勝弥との対談『荷風ないしょ話』(昭29・12談)によれば「フランスなんかわけないから來やしないかと思っていたが」、「その間に日本人ができちゃったから」「いい塩梅《あんばい》に来ませんでしたよ。來ないようにいろいろ話はしておいたのだからね」ということになる。いずれにしろ「別れた女」へのもの思いは観念的に美化されているといわねばならない。また、「ローン河のほとり」の「自分」は「何れ一度は日本へ歸らなければなるまい」という。明治四一年二月二〇日付西村渚山宛書簡には「此の間小波先生に通信した通り僕も遠からず日本に歸りたいと思つて先ず銀行を止める事にし目下其の手つづき中である」(傍点筆者)とある。フランス滞在の早くから帰国は予定されていたと考えられる。『ふらんす物語』の「憂愁」の背後に「何れ一度は日本へ帰らなければなるまい」という思いが常に流れていたことは注意されるべきであろう。

「秋のちまた」(明40・11稿)は夏から冬へと移り変わるフランスの自然を描写している。なかでも「心の底深く感ずると云ふよりは、寧ろ生きて居る肉の上にしみ〴〵と譬《たと》へば手で觸つて見る事が出來るやうな」秋の「悲しさ淋しさ」を黄昏時に集中して、「かゝる時」を連ねて場所ごとにフランスの黄昏の美しさを描写していくところは彼のスタディの結実を感じさせる。「今や都會が暮れて行く時の『生活』と云ふ苦痛の音樂」は「蛇つかひ」『霧の夜』に受け継がれるが、それは帰国したならば「自分」もまた向かい合わなければならない問題であった筈である。この作の後半では「曲りくねつた横町や路地裏」の暗胆《あんたん》たる光景(「真暗な燈を点さぬ店の中には必ずリューマチスで手の動かぬ様な老婆がチョコンと張番をして居る」ゾラの『テレーズ・ラカン』の冒頭と同じ雰囲気の光景)が描かれている。そしてその光景に接した「自分」は「急いで明い大通りへ駈出す」のである。荷風の陋巷趣味のパターンを示す一編でもある。

「蛇つかひ」で荷風はリヨンを次のように描く。

「昔臭い国」

獅子《しし》の石橋を離れ、河下の方を見返すと、古びた石の人家の立續く河岸通り、パレード、ヂュスチース(裁判所)の太く並んだ石柱の列を越して、十三世紀の初めに礎を置いたサンヂヤンの古刹《こさつ》と、其のまわりに中世紀の名殘なる傾きかゝつた小家の屋根。見渡す全景の古色暗然たるに比較して、直ぐ其の眞上なる山の頂にはフールビエールの新しい大伽藍が懷古派ならざる吾々の目にも近世的建築の卑しい事を知らせてゐる。

ここで荷風は正しく「クラシック」に接したのだ。「近代的がどんな事をしても冒す事の出來ない部分が如何なるものにもチヤンと殘つて居る。つまり西洋と云ふ處は非常に昔臭い國だ。歷史臭い國だ」という『新歸朝者日記』（明42・10）の主人公の言葉が想起される。また、「蛇つかひ」の「自分」は「宿無しの見世物師の一群」を見て「浮浪、これが人生の眞《まこと》の聲ではあるまいか。あの人達は親もない。兄弟もない。死ぬ時節が來れば獨りで勝手に死んで行けばよい。恩愛だの義理の涙なぞ見る煩《わずら》ひもない。（中略）浮氣沙汰の起つた曉は一突き嫉妬の刃で心臟か横腹をゑぐつてやるばかり……」と夢想する。しかし、夜は「物凄い家業」をする妖艶な蛇つかいの女も昼間日の光の下に見れば「馬鹿正直な顔をした年老けた女房」にすぎない。そこで夢想が破られる、というのがこの作品のテーマであり、ここにも「『生活』と云ふ苦痛の音樂」が流れているのである。「嫉妬の刃」はメリメの「カルメン」（一八四五年一〇月発表）によったものであろう。「西遊日誌抄」の明治三九年一二月一五日の記述に「ビゼが歌劇カルメンを聽く」、四〇年一月四日の記述に「三度ビゼがカルメンを聽く」とある。

「晩餐」(明42・1「晩餐の夜」の題名で発表)には在仏日本人の実利的生活の実態が暴かれ、それと対照的に美しいリヨンの夏の夜景が描かれている。銀行頭取の社宅での議論の中に西洋は「余り現金すぎる」という箇所がある。桑原武夫はフランス人自身がフランス的ということを規定する中の一つに「金銭についてのコマカサ」をあげている(「フランス的ということ」、『フランス的ということ』所収)。荷風自身フランス体験を踏まえてかコマカイ人であったことが知られているが、そうしたフランス的なるものは在仏日本人銀行員の「西洋はつまらぬ、無趣味だ、ゆつくりして居られぬ」という感想の一つにかたづけられてしまっている。

個人主義の体得

「祭の夜がたり」(明42・1発表)はリヨンとは違った南仏プロヴァンスの明るい風光を舞台とし、「自分」の友人である「彼」のアヴァンチュールが描かれている。風光については「黄昏の光に唯一人野を横ぎる時のやうな忘れられぬ幽愁の美に酔ふばかりであつた」とあり、アヴァンチュールは「形から生ずる一種の磁石力」―エロティシズムに主眼が置かれている。『ふらんす物語』中の発表された作品の中では最も世評の高かった作品で片上天弦は「抑へても抑へられぬらしいその場の心持が極めて鮮かに豊かに現はれてゐる」(明42・2「早稲田文學」「一月の小説壇」・日本文学研究資料叢書『永井荷風』昭46・5刊所収)と評し、「何かフレッシュな、感覚の非常にすぐれた所が好い」(明42・2「新潮」「最近の小説壇」同上)と評した正宗白鳥はのちに「この作品の書き振りに感心したのではない。空漠たる西洋憧憬のわが思いがこれによって切実にされたためであった」（『文壇五十年』昭29・1〜8「読売新聞」に連載）と述べている。諸家の評はこの作品の官能性にうたれたことで一致していた。そして、この作品の冒頭にある「自分」と「彼」との交友関係「朋友だの義務だの信誼《しんぎ》だのと云つても、それは要するに實行の出來ぬ虚僞の聲で、若し自分なり彼なり、異郷に病んで餓死しやうとでも云ふ場合には、お互に己れの食ふものまで分ち着て居る衣服まで脱いで助け合はうと云ふ程、立派な決心のない事をば能く知抜いて居る。その代り、互に己れを僞るやうなお世辭を云つたり、外形をつくらふ必要もない」間柄は、荷風がフランスで個人主義を体得したことを示している。

「霧の夜」（明41・1『笑』に発表）はリヨンの陋巷を描き、そこから「盡きぬ生存の憂苦」に焦点をしぼっている。ボードレールの詩「人殺しの酒」から受けたイメージで「暗澹たる調和」の世界を描き出し、最後に姉妹の娼婦を登場させている。荷風のボードレール理解には宗教性が欠落していることは諸家の指摘するところであるが、ドミニック＝ランセ著『十九世紀フランス詩』（一九七九年七月刊、文庫クセジュ）の説くようにボードレールにおける「憂鬱《スプリーン》、それはとりもなおさず『倦怠《アンニュイ》』であり、天才のすべての才能とすべての希望を虚無と化する日常生活の冷酷な凡庸さに対する、恐怖の感情である」（阿部良雄・佐藤東洋麿共訳）と理解するならば、荷風のボードレール理解と重なるところがある筈である。

荷風のパリ

「おもかげ」（明42・1「カルチェー、ラタンの一夜」の題名で発表）は学生の街カルチエーーラタンを舞台にそこで出会った浮れ女マリヨンを通してパリの女の美しさと魅力とを描いている。そして主人公はマリヨンから昔馴染として史学の中川博士の名を告げられた時「自分がこの年月西洋で知己になり、燈火と音樂の間に女帽の形を論じたり、舞蹈の稽古談に興を催した人達も一度順めぐりに日本へ歸れば、誰も彼も、皆あのやうな澁い苦い顔になつて了ふのでは有るまいか」と述べている。パリを舞台とした作品から帰国がはっきりと意識されてくる。明治四一（一九〇八）年正月元日の前掲『西遊日誌稿』には「歸国か、自殺か？・」と記されている。思えばアメリカからフランスへ行くことができたのは息子を実業界に立たしめようとする父の配慮からであった。行く手には何時も父の眼が向けられていたし、帰国はあらかじめ予定されていたことであった。その意味で荷風はデラシネではない。伊吹武彦・渡辺明正・後藤敏雄・本城格・大橋保夫編の『仏和大辞典』によれば déraciné とは「故郷の絆を断ち切った人」をいう。モーリス＝バレスの小説“les Déracinés”（一八九七）から出た意味で「故郷を離れた人間は根こそぎにされた木のように精神的に退廃する」とバレスは考えている。荷風は故郷―父との絆を断ち切ったのではない。彼はバレスの同作品名を「モーレス、バレース」（明42・5発表）では「追放」と訳し、「近代仏蘭西作家一覧」（明43・6発表）では「故里を捨てたる人々」と訳しているが、彼は追放されたのでもしたのでもなく、また、「故里を捨てた」のでもない。止むをえず「故里」に帰って行く人なのである。それ故、荷風デラシネ説は否定されねばならない。

「再會」（明41・12「成功の恨み」の題名で発表）は、当時の作者の心境を「自分」と蕉雨《しょうう》という二人の人物に託して語った作品である。「自分」が「幾多フランスの藝術家が、藝術の爲めに苦み惱んだ其の同じ空気を吸ひ、同じ土の上に住んで居る」幸福を語るのに対して、蕉雨は「何んでも物は夢みて居る中に生命もある、香気もある。それが實現されたらもう駄目だ」といい、「自分の身の上は、もう此れだけと、極りがついた。よいにしろ惡いにしろ、先が見えて來た」ともいっている。フランスは荷風にとって常に夢であった。「自分」のいう「フランスの藝術家」とはゾラやモーパッサンやボードレールやヴェルレーヌなど彼が渡仏する前から親しんでいた芸術家を指しているのではあるまいか。フランスに来てから傾倒したアンリ＝ド＝レニエーを別としてそれらの人々は既に没していた。荷風はリヨンにおいてもパリにおいても生き身のフランス芸術家と接触する志向を持たなかった。いや持とうとしなかったといってもよい。そこは荷風にとって初めから完結した美の世界であったのである。

「ひとり旅」（明41・9発表）の主人公宮坂は「藝術の眞意義は一人味ひて一人發見するものと信じ居り候」という。これが渡仏以前からの『ふらんす物語』の作者の固い信念であった。彼は「如何なる時代にも免れ難き社會の裏面を流るゝ暗潮に棹さして、限られし狭き思想を深く味」わおう（傍点筆者）とする姿勢に徹したのである。この宮坂の言葉ほど『ふらんす物語』の性格をはっきり述べているものはない。伯爵とその夫人の依頼（イタリア旅行の案内—庇護に通じる）を彼は「余りに深く寂寞を愛するが故に」断る。そこに立身出世を望まない反実利の精神を読み取るべきである。その宮坂について伯爵は「獨逸なぞを見るがいゝ。一方では圧制な（初版では「立派な」）軍國だけに、一方には極端な破壊主義者が出る。進歩とか文明とか云ふものは、つまり複雑と云ふ事も同様だ。宮坂の様な變つた男、思想の病人が出て來たのは、乃ち日本の社會が進歩した複雑になつて來た證據ぢや無いか。私は喜ばしい事だと思ふ」という。中村光夫は「おそらく荷風も、この伯爵と同意見なので、彼は彼自身のような『変った男、思想の病人』を『日本社会の進歩』の象徴と見る自信を、その放浪の半生を通じて失ったことはないのです」（「荷風の青春」）と指摘し「文明開化の精神の芸術の領域における徹底」に荷風のロマン派詩人としての「特質と限界」を見ている。だが宮坂の理解者の伯爵が「先頃内閣の更迭《こうてつ》を機として□□大臣の職を辭し」た人であることに諸家は留意していない。伯爵がそうした人物であったから宮坂の「思想」を理解し得るのだ。

この伯爵には「文人宰相」とよばれた西園寺公望の面影がある。秋庭太郎『永井荷風傳』によれば荷風の父禾原は西園寺の秘書官を勤めた縁故があり、フランス文学に通じた西園寺に「荷風は父子二代知遇をうけたといふ理由ばかりでなく、その教養、見識、人柄にも敬服してゐた」という。西園寺内閣が謎の総辞職をしたのは明治四一年七月四日であり、「ひとり旅」の発表はそれから二ヶ月余り後である。次の第二次桂太郎内閣の成立は明治四一年七月一四日、総辞職は明治四四（一九一〇）年八月二五日である。『ふらんす物語』の発売禁止は納本と同時で発行日は明治四二（一九〇九）年三月二五日である。荷風は「帝國劇場開場式合評」（明44・4談）で「桂大臣が劇場の開場を喜び日本演劇の進歩を望んでゐるとは、何たる嘘八百だらう。（中略）主義を一貫する勇氣のない卑怯な僞善的な虚僞な態度を憎くむのだ」と堂々と述べている。

「巴里のわかれ」（明41・10「ADIUE（わかれ）」の題名で発表）には別れるにあたってのパリの情景が美しく描き出されている。河盛好蔵は「昔の姿を比較的損われることなしに保っているパリの町であっても、荷風の描いたパリやパリジャンは、第一次大戦前のいわゆるベル・エポックのそれであることを痛感させられる」と述べているが、それは彼が写した外形的な風俗、いわば現象である。秋庭太郎は「パリ滞在二ケ月の短い月日であったゞけに一般家庭のパリジャン、パリジェンヌとの交際もなく、したがってその人情、気質、信仰、習慣其他の伝統的な実生活の表裏に通じてゐたとは云へなかった」（『荷風外傳』）と記している。しかし、それは「短い月日」の故ばかりではない。彼の姿勢の問題である。前記河盛の解説は荷風のパリ滞在中の社会問題であった「ゾラのパンテオン入りのこと」についての記述が全くないことを指摘している。ドレフュス事件関係のみならず彼の描いたモンソー公園、モンパルナス墓地、リュクサンブール公園、ペールーラシェーズにはそこがパリーコミューンの戦士の「屠殺場」であったことなどうかがわせるところは全くない。ペールーラシェーズにあるパリーコミューン戦士の墓にもふれていない。荷風は「現実に見たフランスは見ざる時のフランスよりも更に美しく更に優しかつた」とかいているが、「見ざる時」に美しく優しく観念化された眼でしか現実のフランスを描こうとしなかったのである。

夢の世界フランス

『ふらんす物語』の「自分」は、奇妙なことだが、現地フランス人との間に心の交流を持つということがない。では『ふらんす物語』のすべてが当時のフランスの社会に言及していないのか、というとそうでもない。「雲」（初版『ふらんす物語』に「小説」と銘うち「放蕩」の題名で所収）には次の一節がある。

學校を卒業後十年一日の如くに、ある私立大學の教師になつて居る男がバルカン問題だの獨英の海軍縮少問題だのマロツクの普佛干渉の事なぞを論じて、世界外交の中心點にゐる貞吉の意見を叩いて來た。日本で書物ばかり見て居る奴はこれだから困る。困るよりは煙たくつて恐しい。自分なぞは新聞も、寄席だよりへ目を通す位で論文一つ見た事がない、と貞吉は心の中で、獨り其の無學と怠慢なる事を快く嘲笑つた。

当時のフランスはベル－エポックとよばれた時代であったが、また、強大なドイツに恐怖を抱いていた時代でもあった。植民地の増大を計るフランスにとってモロッコ問題は一大関心事であった筈である。一九〇〇年のフランス・イタリア秘密協定、一九〇四年のイギリス・フランス協商によってフランスはモロッコにおける優越的立場に立った。「フランスは経済的投資、軍事的侵入、内政干渉を積極的に開始し」た(井上幸治編『フランス史』)。これは当然ドイツを刺激するところとなり、一九〇五年三月のタンジール事件、一九〇六年一月のアルヘシラス会議開催となったが、フランスの「軍事的侵入」は続けられた。これが荷風のいたころのフランスである。フランス金融業界の真唯中にいた彼がそれを知らないわけがない。フランスへの夢を育《はぐく》んできた彼にとってモロッコ問題は「困るより煙たくつて恐しい」に違いなかった。荷風はそうしたことにふれないで「巴里のわかれ」(初版)において「世界にはフランスと云ふ國がある。此の事實は、虐げられたる我が心に、何と云ふ強い慰めと力とを與へるであらう。フランスよ、永世に健在なれ! もし將來の歴史に亞細亞の國民が世界を統一するが如き權勢を示す事があつたら、フランス人よ! 全力を擧げてルーブルの宮殿を守つて呉れよ。ベヌスの像に布の腰卷されぬやうに劍を磨けよ」(日本近代

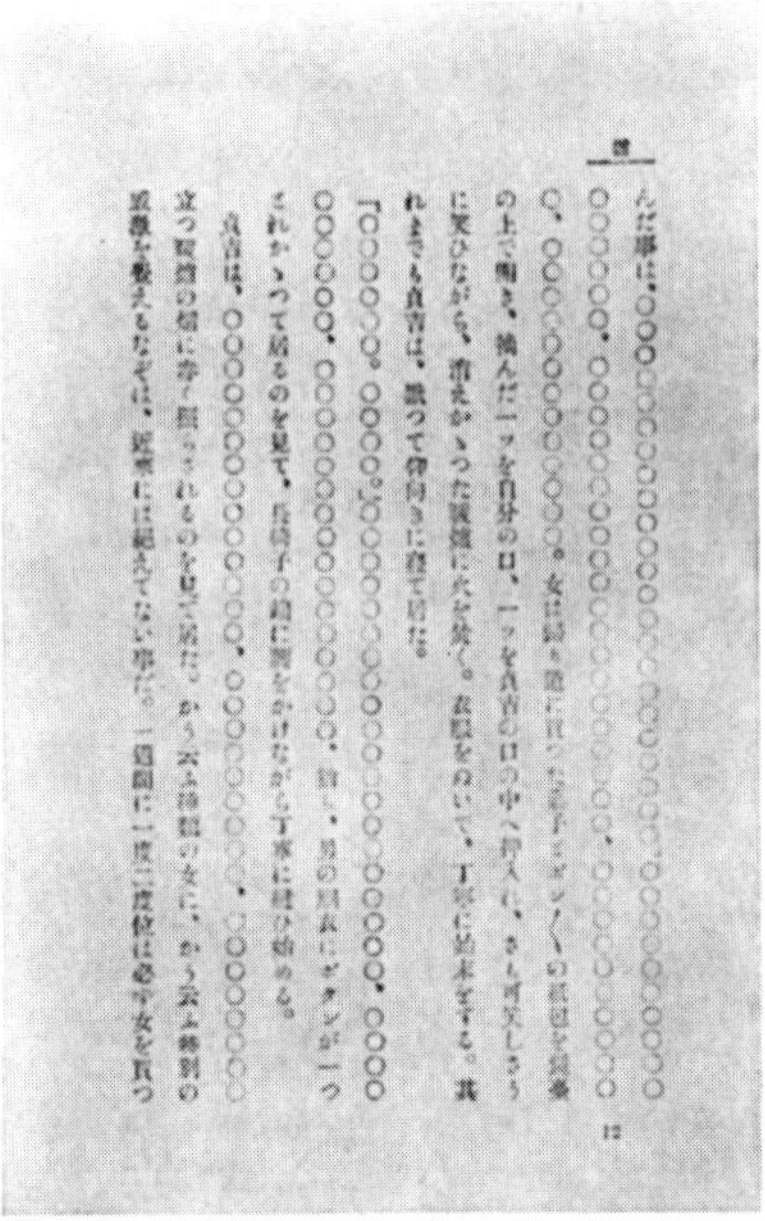

『二人妻』所収「雲」の12ページ

文学館の復刻版による）とかく。彼のフランスが美一色でぬりつぶされた観念のそれであることがここでも確認される。それでは彼の嗜好した美とはどういうものであったか。

女はわれ知らず、年十六にしてカルチェエ、ラタンに初めての情を賣りし「椿姫」の二世なるべきか。戀の蔓《つる》にすがりても、高きに上りて人を毒する類にあらず、世の習慣と敎義の雨風に斃《たお》れん幽愁の花のみ（「戀人」）。

文語文に成るこれが荷風に於ける文学上の「クラシック」の実践である。反実利的にして官能的な「幽愁」こそ彼がよりどころとしたものではなかったか。荷風の場合、現実生活のいとわしさが侵蝕しない甘美な夢に満ちた優しい世界があって初めて愛が成立する（例えば明40・7稿になる「六月の夜の夢」を見よ）。その逆はあり得ないのである。そして、そうした世界は現実には フランスがそうであったようにどこにもない。荷風はそれを観念の中で抱き続けた。その夢を破るものはすべて彼の憎悪の対象となった。それが夢でありいつかは現実によびさまされると直感されるところに彼の「憂愁」が展開されるのである。その意味では彼はボードレール的といえるのではなかろうか。

そうした彼のフランスはその後も変わることなく抱き続けられた。ということは彼の反実利主義が継続され続けたことを意味する。荷風は その生涯を彼の フランスに殉じたのだ（「いつの世にも殉教者の氣慨がなけりやア駄目」とは「新歸朝者日記」の「自分」の言葉である）。それ故に荷風が「戦争協力者でないことの確実な作家」（宮本百合子『婦人と文学』昭23・12刊）であり得たことを付け加えて置きたい。

「花火」と「散柳窓夕榮」

「花火」をめぐって

「花火」は大正八（一九一九）年一二月「改造」に発表された。糊仕事をしているると、花火のあがる音が聞えてくる。その音に合わせるかのように過去をなつかしく思い起こすというスタイルの随筆である。永井荷風を論じる場合、きまったように引用されてきたのが次の一節である。第一編でも引用したが、重要なので再度引用する。

明治四十四年慶應義塾に通勤する頃、わたしはその道すがら折々市ケ谷の通で囚人馬車が五六臺も引續いて日比谷の裁判所の方へ走つて行くのを見た。わたしはこれ迄見聞した世上の事件の中で、この折程云ふに云はれない厭な心持のした事はなかつた。わたしは文學者たる以上この思想問題について默してゐてはならない。小説家ゾラはドレフュー事件について正義を叫んだ爲め國外に亡命したではないか。然しわたしは世の文學者と共に何も言はなかつた。私は何となく良心の苦痛に堪へられぬやうな氣がした。わたしは自ら文學者たる事について甚しき羞恥を感じた。以來わたしは自分の藝術の品位を江戸戯作者のなした程度まで引下げるに如くはないと思案した。

大逆事件と荷風の戯作者的態度との関係を示すこの一節をめぐって、片岡良一は「取上げたい問題を終に取上げさせなかったのは時勢の圧力であり、それに負けた自分への羞恥は氏の鋭い自意識であ」るが、「激しさが愈々《いよいよ》激しく、それ故に相当深められた思想的把握がなほその激しさを支へるにたへなかった」(昭13・3「永井荷風と近代作家の一類型」「思想」に掲載)と説き、吉田精一は「荷風の述懐は文字通り受けとるべきではあるまい。それ以前から濃かった江戸芸術や思想への傾倒に、更に一層深入りする一つの踏み段として、大逆事件が役立ったというのが、どちらかといえば正しい解釈に違いない」(昭46・2『永井荷風』)と説いている。前者は、「花火」の回想をほとんどそのまま素直に受けとったところから発せられた論であり、後者は、そのまま受けとることの危険性を前提とした論である。また、宮城達郎は「花火」から「彼の社会主義者としての風貌を発見することも、逆にこれをただの文飾と片付けてしまうことも可能である」としながらも、「單に自個の感情を歌ひパラドックスの思想的遊戯を喜ぶものに候へば、社會の改革者流と誤解されるも残念に有之」とある荷風の滝田樗蔭《ちょいん》宛書簡(明42・9・27)を引いて吉田説が「妥当なのであろうか」(昭35・6「永井荷風研究史」「解釈と鑑賞」に掲載)と結んでいる。ここで問題となるのは、荷風が社会主義的な意識をもっていたか否かよりも、小品「花火」の意図と、囚人馬車を見たという明治四四

（一九一一）年の時点から八年後の大正八年一二月の時点で「花火」が発表されたという時の流れとそれに伴う作家の心境の推移の度合であろう。明治四四年の時点での作家の心象をそのまま大正八年の発表になる「花火」の回想に、作品の意図も考慮することなく結びつけてしまうことが、大逆事件が及ぼした荷風における心象の影をうかがう場合、危険であることはいうまでもあるまい。坂上博一の指摘にあるように、『『花火』は大正八年に発表された文章なので、当然その当時の荷風の反時代的姿勢に即して読みとられるべき」（昭46・1「永井荷風ノート―戯作者意識の形成をめぐって―」、「文学」に掲載）なのである。

反時代的姿勢

もっとも、荷風が「戯作者宣言」らしき表明をしたのは、少なくとも大正五年までさかのぼれる。「矢立のちび筆」（大5・4）には、「われは今自ら退きて進取の機運に遠ざからんとす。幸ひにわが戯作者氣質をして所謂現代文壇の急進者より排斥嫌惡せらるゝ事を得ば本懐の至りなり」とある。「花火」より明治四四年の時点に近い心境の表明であるが、「わが戲作者氣質」が「現代文壇の急進者」と対置されている点が注目される。このような反時代的姿勢の徹底化が成されたのが大正八年である。前年、大久保余丁町の邸宅を売却し、築地に移ってからの荷風は「花火」発表まで作品をものせず、「日本現代の帝都に居住し、無事に晩年を送り得る所以のものは、唯不眞面なる江戸時代の藝術あるが爲のみ」（大8・5・12）と日記にあるように、川柳、狂歌、春画、三味線などに親しみ、趣味的生活にひたっていたのである。この年、作品に極めて乏しいこともそれと無縁ではないだろう。同年四月六日の記述には、「新聞紙の記事によりて世間の事を推察するに、天下の人心日に日に兇悪となり富貴を羨み革命の亂を好むものゝ如し」とある。ここで荷風が社会主義的行動に一片の同情も寄せていないことが明瞭となる。

「天下の人心日に日に」は新聞記事（荷風がどの新聞を読んでいたかは不明）に連日眼を通していたことを示しているが、直接この感想をかく動機となったと思われる事件をこの日の東京朝日新聞に探してもそれらしき記事は見あたらない。わずかに瓦斯《ガス》会社側と反対側とで帳簿の筆記、公表をめぐって対立があり、幹事一任となったが、市会開会実現の可能性もあり、そうなれば各区連合会でも当日日比谷公園で市民大会を開くといっている、という報道があるばかりで、もし日記がこの記事を直接の対象としているならば、やはり誇張された表現と見るべきであろうが、誇張もしくは文飾は、かえって上記の社会主義的潮流に対する同情のなさを強調することにもなろう。日記はさらに続く。「余此際に當りて一身多病、何等のなす所もなく、唯先人の遺産を浪費し暖衣飽食空しく歳月を送るのみ。胸中時として甚安ぜざるところあり。然れどもこゝに幕末亂世の際、江戸の浮世繪師戯作者輩のなせし所を見るに、彼等は兵馬倥偬《こうそう》の際といへども平然として泰平の世に在るが如く、或は滑稽諷刺の戯作を試みる者あり。或は淫猥《いんわい》の圖畫を制作する者あり。其の態度今日より之を見れば頗《すこぶる》驚歎に値すべきものあり。狂齊の諷刺畫、芳幾の春畫、魯文の著作、默阿彌の狂言の如き能く之を證して余りあり。余は何が故に徒に憂悶するや。須《すべから》く江戸戯作者の顰《ひそみ》に傚《なら》ふ可きなり」。全体としてはこのような感慨は以前からあった。しかし、「憂悶」が創作力の衰えと社会主義的潮流への反発を指していることを見る時、反時代的姿勢を改めて確認し、自らにかみしめるように語る口調に思い到るのである。文中、例としてあげられている戯作者が江戸戯作者ではなく、明治の戯作者といったほうが妥当な魯文、默阿弥であることが「憂悶」の深さを示している。「須く江戸戯作者の顰に傚ふ可きなり」は、沈滞期を目前にした初老の作家の以前にも増した一層の決意であったろう。

　こうして、大正八年七月一日、「祭の夜とでも題すべき小品文の腹案」即ち、「花火」の腹案が成される。意図は、「明治廿三年頃憲法發布祭の追憶より近くは韓國合併の祝日、また御大典の夜の賑など思出るがままに之を書きつづらば、余なる一個の逸民と時代一般との對照もおのづから隠約の間に現し來ることを得べし」というところにあった。「隠約の間に」とあるように、荷風はこの作品で上記のような執筆時の心境を直接にはいささかも表明せずに、「余なる一個の逸民と時代一般との對照」を回顧の文辞のうちに表出しようとしたのである。そして、大正八年一〇月二二日、「小品文花火を脱稾《だっこう》したれば淨寫す」となる。こうして見てくると、「花火」全体の底を一貫して流れているのは、大正八年における前述のような荷風の心象であり、問題の一節もその一環にすぎないようである。しかし、四人馬車に行きあった時の衝撃と無力感を文飾と見るのも誤りであろう。荷風が大逆事件から何らの精神的動揺も受けなかったとは考えられない。「戯作者の死」（大2・1、3、4）の存在がそれを証している。「花火」からのみ、「所謂現代文壇の急進者」とは違った、思想弾圧に抗する荷風独自の姿勢をうかがうことは不可能に等しいのである。

なぜ柳亭種彦なのか

「散柳窓夕榮」は、「戯作者の死」（大2・1、3、4「三田文學」）を改題、修訂を加えて『散柳窓夕榮 附恋衣花笠森大窪多与里』として籾山書店から大正三（一九一四）年三月に刊行された。岩波書店版『荷風全集』第六巻の後記によれば「この本の殘部をあらためて發賣するにあたつて」、『柳さくら』の表題が附せられ、これが春陽堂元版『荷風全集』第五巻以来、「散柳窓夕榮」「恋衣花笠森」二作にかむせる総題となった。

この作品の主人公柳亭種彦は天明三（一七八三）年五月一二日、本所吉田町に生まれた（山の手生まれとする説もある）。通称高屋彦四郎。小十人の小普請組に属する食禄二百俵の武士であった。下谷御徒町御先手組屋敷に五十余年居住し、天保六（一八三五）年浅草堀田原に移った。文化四（一八〇七）年から小説をかき出し、文化一二（一八一五）年から出版した「修紫田舎源氏《にせむらさきいなかげんじ》」により世にもてはやされた。堀田原の新居はその稿料で建てたと伝えられる。種彦の号は愛雀軒。庭に米をまいて雀の寄るのを楽しむ、の意である。その人柄は弟子の仙果の随筆「よしなし言」には、いささかも学者ぶらず、銀世界の金づくりでもいやな時にはそらふく風であった、とあり、荻野梅塢《ばいう》「柳亭先生

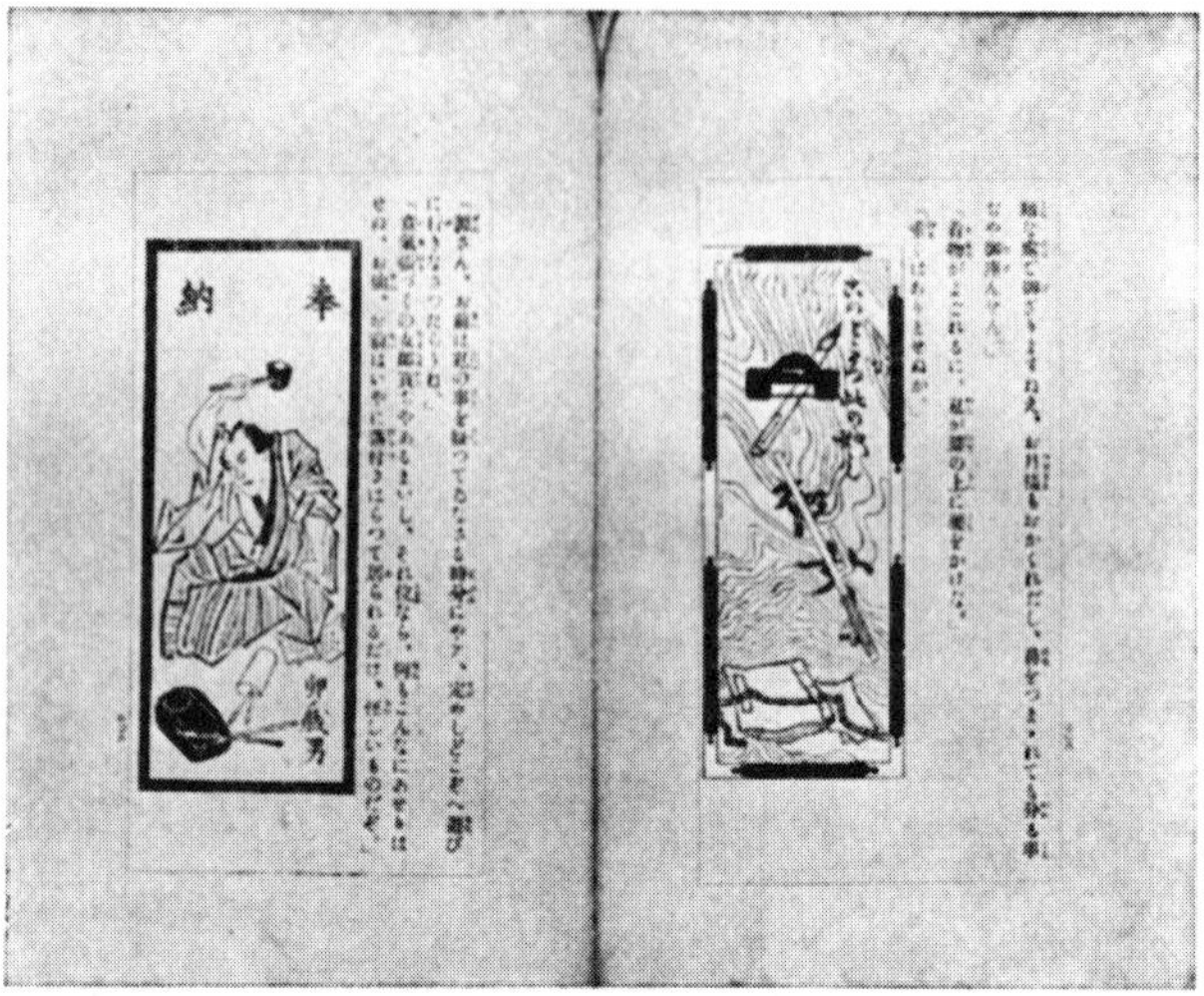

『柳さくら』中の「恋衣花笠森」の挿画

伝」には、決して「風流酒落放蕩の遊士」ではなく、「謹慎厚朴の人」である、とかかれている。酒を飲まず、平素の食も小食で麦飯を好んだ、とも伝えられている。天保一三（一八四二）年、天保改革の際、咎《とが》めを受け、五九歳で病没した。自殺説もあるが疑問である。咎めを受けたのは、直接には「春情妓談　水揚帳」にかかわる事件による、と伝えられている。

山口剛（『江戸名著全集』第一三巻解説）、森銑三（『森銑三著作集』第一巻）の研究によって柳亭種彦の実像を筆者なりにまとめると大体以上のようなことになる。武士であると同時に戯作者である点、おだやかな性格と同時に毅然とした犯し難いものをもっている点、その死が天保改革に直接結びついている点が特徴的である。

明治四三（一九一〇）年九月の時点（大逆事件につい

ての新聞記事差止め令が出されて三ヶ月ほどのち）で永井荷風は「社會主義の出版物が新舊を問はずどし〳〵検擧されつつある」事実に言及し、思想言論弾圧が「社會主義一味の黨類」のみならず「吾々藝術の邪宗徒」にも及ぶにちがいない（「希望」）とその暗い心象を訴えている。既に荷風は『ふらんす物語』（明42・3）や『歡樂』（明42・9）の発売禁止を体験していた。そうした荷風の心象にうかび上ったのが柳亭種彦にほかならなかった。「軍國政府爲めに海外近世思想の侵入せん事を悲しみ時に其が妨害を企つ。これ忝けなき立憲の世の御仁政なり」と戲作者風のとぼけた冷嘲を示した『珊瑚集』（大2・4）の序文の末尾には「癸丑春三月柳亭種彦が事を小説に書きける日」としるされている。この「小説」が「戲作者の死」を指していることはいうまでもない。荷風は自己の心象を投影する人物として春水ではなく種彦を選んだ。理由は二つ考えられる。第一、春水が素町人であるのに対して種彦は武士から戲作者に身をおとした人物である。明治の出世コースにある父を持ち、小説家となる道を選んだ荷風にとって、種彦の方が心象を投影するのにふさわしい存在であった。第二、この作品の主眼が「戲作者の死」という点にある以上天保改革後命ながらえ成すところなく死んだ春水よりも天保改革の直接の犠牲者である種彦の方が主人公として適切であった。以上が「散柳窓夕榮」の大まかな成立の事情である。

種彦のあとにくるもの

この作品は、天保一三年六月半ば過ぎから同年七月まで、夏の終りから秋にかけての江戸市井の情調を背景に改革の波及が種彦に迫ってくる不安な情勢を描き、その死をもって筆を止めている。荷風の描く種彦像は長身でどことなく気品があり、作者自身の像を思わせる。初出「戯作者の死」と修訂「散柳窓夕榮」とを比較するとかなりの相違が見出される。種彦像に限って見ると、第一に初出では「意氣な好みの戯作者ではなく、一度形を正せばいかに身を持崩しても流石《さすが》に犯されぬお旗本八萬騎の一人たる高屋彦四郎。それを見ると、侍に對する町人の遺傳的恐怖心が、自然と一同をして言語をつゝしみ頭を垂れさしてしまふのであつた」と種彦が武士である面を強調しているのに、修訂ではこの部分は削られている。つまり、武士である種彦と町人である鶴屋たちとの距離が初出では明確に示されていたことになる。この修訂は九章における夢の場面の効果を削減する結果となっている。即ち、種彦は海老蔵から芸術品を後世に伝えるべくゆだねられてもそれが「悲慘な響を發し更に無數の破片となつて飛び散る」のをどうすることもできない、そしてそれを嘆き悲しむのは種彦ではなく「怪し氣なる女」の群なのである。第二、弟子の仙果が国芳の百鬼夜行の図を話題にのせた時、種彦は初出では「あの男は普段から負けず嫌ひな任俠肌《にんきようはだ》の男だから、如何さまその位の事はしかねまいて」というのに対し、修訂では「あの男も持つて生れた惡い病がまだ直らぬと見える」となっている。要するに修訂では批判性が極力弱められているといえる。以上を見てもうかがえるように「夜の雨などふと厠《かわや》の屋根に音するを聞く時は轉天保改革當時の戲作者のやうな心に相成きびしき御咎いつ身にふりかゝるやと薄氣味わるき心地致候」(明治四五年六月一六日付井上精一宛書簡)という心境にあった荷風は自己の欲するままに種彦を描ききることはできなかった。

しかし、荷風は批判性をそれとなくこの作品に止めている。種彦は現実には二度召喚されている。一度目は「田舎源氏」の作者としてであり、二度目は春本「春情妓談　水揚帳」の執筆者としてである。荷風はそのことにはふれていないが、この作品には明らかに「水揚帳」をふまえている部分がある(それは初出の方がはっきりと出ている)。そのことと種彦の死を仙果から知らされた種員が惜気もなく流れる涙を押し拭う「大事な秘密出版の草稿」の存在とは関係があるであろう。荷風は種彦のあとに出現すべきものが圧制者の忌み嫌う好色性の強い文学であることを示しておこうとしたのではないか。それは『夏姿』(大4・1、発禁)、『腕くらべ』(大6・2、私家版)、「四疊半襖の下張」といった荷風文学の一つの作品系列の成立をも意味しているのである。

『腕くらべ』

私家版と流布本

『腕くらべ』は大正五（一九一六）年八月発行の「文明」第一巻第五号から、大正六（一九一七）年一〇月発行の第二巻第一九号まで一三回にわたって連載された。この間、大正六年五月発行の第二巻第一四号と同年九月発行の同巻一八号とが休載となっている。この初出では各章の題名はなく、章数ものちの単行本とは異なっている。単行本における「十一　菊尾花」と「十九　保名」とは全文を欠いている。これを加筆訂正し、大正六年一一月一三日に「小説腕くらべを訂正し終りぬ」（『斷腸亭日乘』）という運びとなり、一二月付（竹盛天雄の調査によると実際は大正七年一月）で「排印」として限定五〇部を印刷し知友に配布した。これが最初の私家版である。これを初出と比較すると、初出には私家版における閨房《けいぼう》描写が省かれるか薄められるかしているのに対して、私家版には後述するように初出における文明批評のある箇所が削除されている。また、吉岡に対する駒代の姿勢にも若干の相違が認められる。次いで私家版から約一万数千語をはぶいたものが大正七（一九一八）年二月、十里香館（荷風邸を指す）版として新橋堂から発売された。これが流布本となった。以上の系統に加えて、私家版と流布本との折衷より成る新生社版

（昭21・6刊）と中央公論社版『荷風全集』第九巻（昭24・6刊）収録のものと三系統があるが、現在では岩波書店版『荷風全集』第六巻（昭37・12刊）などで誰でも私家版で読めるようになった。

あらすじ

新橋・尾花屋の芸者駒代は、帝国劇場の幕あいに七年ぶりに以前の馴染み客だった吉岡に会う。その時分学生だった吉岡は保険会社の営業係長になっている。吉岡は駒代を少しも変わっていない、と思う（「一、幕あひ」）。

吉岡は待合浜崎から駒代をよぶ。駒代は、秋田の大尽《だいじん》の若旦那に落籍《ひか》されたが三年して死別し、辛棒し切れなくなって再び新橋に出るようになった自分の境遇を問われるままに語る（「二、逸品」）。

吉岡は駒代とよりをもどす（「三、ほたる草」）。

銀座の草市も昨日と過ぎて、芸者置屋尾花屋の主人で元講釈師の呉山老人がむかい火をたいているところへ作家の倉山南巣がくる。懐旧談と時勢への嘆きを語り合って南巣が帰ったのち、呉山の妻の十吉は、駒代に身受の話が保険会社の人（吉岡）からかかっていることを呉山に告げる（「四、むかひ火」）。

駒代は吉岡につれられて森ケ崎の連れ込み宿三春園へ行く。「獣のじやれ合ふやうに」ふざけることによって駒代は吉岡の話をそらせることができた。吉岡の留守、三春園が牢獄のように思えてきた駒代は、ばったり出会った彼が少年時代から知っている名題役者の瀬川一糸と深い仲になる

（「五、晝の夢」）。

駒代は瀬川に夢中になる（「六、ゆひわた」）。

尾花屋の芸者には他に菊千代と花助がいる。駒代は花助を味方に引き入れて恋の障害となるものを取り除いておこうと計る（「七、ゆふやけ」）。

待合宜春で駒代が瀬川と泊りがけで会っているところへお座敷がかかってくる。海坊主のような骨董屋と吉岡との二つの座敷で責められて気が気でなく帰ってきた駒代は瀬川の顔にさめざめと自分の顔を押しあてて泣き入る（「八、枕のとが」）。

歌舞伎座で行われる新橋芸者の秋季演芸会の初日、見物に来た南巣は駒代に会う。瀬川の指導で五番目に（保名を）踊る駒代は有頂点になっている（「九、おさらひ」）。

吉岡はひょんなことから駒代と瀬川の仲を察知する。彼は駒代から菊千代にのりかえる（「十、うづらの隅」）。

吉岡は菊千代の肉体に魅せられて彼女を身受し、駒代に意趣返しする。駒代は自前になった菊千代の「菊尾花」という看板の近くまで行った時、そこへ吉岡が入って行くのを見て初めてそれを知り、悲しさ心細さから瀬川の興行先へ前後の思慮なくかけつける（「十一、菊尾花」）。

南巣の根岸の閑居。隣家は今は瀬川家の別荘となっている。雨の夜、そこから仇っぽい女の声で薗八節（浄瑠璃の中でも一番陰気な哀っぽい声調で心中物のみ語って聞かせる一派）が聞えてくる。翌朝、南巣は瀬川に「いゝ音〆でしたな」といってほめる（「十二、小夜時雨」）。

その次の日、瀬川はその後（去年の秋の演芸会以後）駒代が吉岡の件から、吉岡へのしかえしに瀬川家に三日でもいいから入らなければ承知できない、瀬川に捨てられたらモルヒネを飲むといったことを南巣に話す。養子である瀬川は継母の手前、この寮で駒代に会うことにしたのである。帰りの電車の中で瀬川は「所謂新しい藝術家」の山井要に出会う（「十三、帰りみち」）。

品性も学問もない醜悪な山井は、呉山の息子滝次郎が不良になって身を落していく経過を瀬川に話す（「十四、あさくさ」）。

瀬川は山井の遊びにつれていってほしいという胸中を察し、行きつけの待合宜春亭へつれて行ってやる。そこで二人は風変わりな芸者蘭花をよぶことになる（「十五、宜春亭」）。

瀬川が出演している新富座の楽屋に出入りする駒代はすっかり女房気取りでいる。彼女は夫婦にならなければ周囲が承知しないというように仕掛けている（「十六、初日　上」）。

「地面付の立派な妾宅の外に現金で壹萬円を頂戴してお暇になつた」元芸者の君竜は、瀬川の舞台姿にすっかりうっとりとなる。君竜は姐《ねえ》さん芸者の力次に仲立ちを頼む。力次はこれを引き受けることによって駒代に吉岡をとられた意趣返しを計る（「十七、初日　下」）。

瀬川は駒代と一緒にいる宜春から、いつわって君竜の座敷に行ってしまう。彼は駒代と手を切る度胸をすえている。ふとしたことから駒代は瀬川に実がないことを知り、半狂乱となる（「十八、きのふけふ」)。

駒代の半狂乱は新聞種になる。瀬川が君竜を女房にするという噂が広まり、駒代は駄目だと覚悟する。君竜は事実上の女房となる(「十九、保名」)。

呉山は日吉湯で成上り者の宝屋から組合の世話人になってほしいと下心ある依頼を受けるがその手にはのらずに断わる。鳥屋の市十に滝次郎を見かぎる決意を話しているところへ尾花屋の使が来て十吉の急病を告げる(「二十、朝風呂」)。

十吉は人事不省となってしまう。そこへ宜春から電話があり、駒代は気が進まぬながら新富座に行く。そこで君竜が瀬川の継母のお仲を抱きこんでしまったことを見た駒代は、一目散に帰り、二階へ上がるや否や鏡台の前へ突伏す(「廿一、とりこみ」)。

十吉はあの世の人になる。呉山はもう一度高座をつとめることにする。駒代の証文を初めて見て彼女が身一ツの身の上であることを知った呉山は、尾花屋を駒代にゆずることを言い渡し励ましてからぷいと風呂に行ってしまう。駒代は突然嬉しいのやら悲しいのやら一時に胸が一ぱいになって来て暫《しば》し両袖に顔を掩《おお》いかくす(「廿二、何やかや」)。

執筆の意図

荷風は『腕くらべ』制作の動機を「正宗谷崎両氏の批評に答ふ」(昭7・5)で次のように述べている。

わたくしは教師をやめると大分氣が樂になつて、遠慮氣兼をする事がなくなつたので、おのづから花柳小説「腕くらべ」のやうなものを書きはじめた。當時を顧ると、時世の好みは追々藝者を離れて演劇女優に移りかけてゐたので、わたくしは藝者の流行を明治年間の遺習と見なして、其生活風俗を描寫して置かうと思つたのである。

大正六（一九一七）年六月七日付井上精一宛書簡に荷風は「過日朗讀致ゆ襖の下張なぞは出し得べき時節ならず腕くらべ思ふさま書きて自費出版せんかとも存居ゆ」とかき、同年一一月一〇日付籾山庭後宛書簡には「腕くらべ殆ボッカチオのやうなものと申せば少し御大層なれど先は春本同様のものと御見逃被下度ゆ」と述べている。過渡期の社会の人間像を好色の面から気がねなく描き出そうという意図が見られる。また、新たな女優の台頭という現象について藤沢衛彦は「大正期に至つて、遊んでゐる階級の美の標準が、漸く女優美に移らんとしてゐるのは事實である」（『藝者美學』大4・8刊）と証言している。「腕くらべ」ではその傾向は〈十五〉で「私女優さんには成つて見たうござんすわ。藝者でもし賣れなかつたら女優さんになりますわ」という蘭花に表されている。一方では「藝人讀本」で荷風自身がかいているように新橋花柳界にはまだ「薗八一中をよく」し、それを鼻にかけない「力のごとき名妓」もいたのである。伝統的様式美が崩壊していく過渡期の新橋花柳界を荷風はかき止めようとした。これについて成瀬正勝は、柳橋でなくて新橋だったということは重大で新橋でないと文明批評ができないと述べさらに「江戸のないところで、薩長の文明開化の余弊を受けた新橋で『腕くらべ』が書かれた」（座談会『大正文学史』昭40・4）と指摘している。

新橋花柳界の風俗

『腕くらべ』には大正初年のころの新橋花柳界の風俗が実に細かなところまでそれとなく描かれている。その一例をあげておこう。〈七〉の冒頭は金春通の尾花屋の二階の状景――つまり、通常の人が見ることができない楽屋のありさまである。芸者達は「いづれもごろ〳〵亂次《だらし》もなく歸そべつてゐる」。その中で西洋ねまきをはおった菊千代は「いつも極つて潰島田に結ひ油をこつてりつけて」いる。田中家千穂『新橋生活四十年』（昭31・10刊）には、「昔の芸者は、滴るばかりの水髪が自慢の一つだった。若い者は高島田、または潰島田に、年増は銀杏返しの落ちたのを、一日おきに結って、油というものを少しも附けなかった」とある。したがって菊千代のそれは便宜に流れてかつての様式美がくずれてしまったことを示している。

次に肌襦袢一枚の花助は「郵便貯金の通帳をば肌身放さずお守のやうにしてゐる」。角川書店から刊行された日本近代文学大系29『永井荷風集』に付せられた竹盛天雄の注釈には礼阿弥という老姑の『芸者気焔帳』が引かれているが、その一節に「役者買ひといふのは、元は芸者の道楽に極つてゐたのです。（中略）併し今日の芸者も張がありません、芸者の癖に、何万円貯めたとか、身代がよくなつたとか、金を拵《こしら》へる事許《ばか》り気にしてるぢやありませんか」というところがある。花助は

「張」がない芸者だということになるが、この作品の中の芸者で自分の置かれている位置を一番客観的に見ているという意味で現代風なのが花助である。彼女は〈七〉で「お互に稼げる中稼げるだけ稼いで男なんか當にせず行末は小商賣でもして氣楽に一人で暮して行けるやうな算段をするが一番だ」と駒代と語り合う。容貌のよい駒代とちがってそうでない花助は、この考えを通して行く。そこに新しいタイプの芸者が示されていることになろう。

駒代の求めるもの

駒代は尾花屋の抱《かか》えの芸者である。生活費、衣裳代など主人持ちである代わり稼ぎを全て主人に納れなければならない。二六歳の駒代は〈三〉に見られるように「身の行末」が案じられ、ある時には「あゝ藝者はいやだ、藝者になれば何をされても仕様がない」と思う。この時自分の「身の行末」をじっくり考える余裕を彼女は持たせられていない。「私見たやうなものでも一時は大家の奥様と大勢の奉公人から敬はれた事もあつたのにと覺えず涙ぐまれるやうな心持」にさえなるが、不幸な秋田での体験は花柳界の外に出る気力を奪っており、〈五〉の三春園では「もうここに愚圖々々してゐたら一生新橋へは歸られなくなつてしまふかも知れない」と恐れる。彼女の希求するところは他人の束縛や支配を受けずにすむ自前《じまえ》になることである。〈廿二〉に見るように駒代は両親も兄弟も何もない身一ッの身なのだから、それは一層の自由を保証するだろう。さらに芸の才能を生かして〈十〉におけるように「踊一番で新橋中へ名を賣弘め」定評を得ることも可能であろう。そこに彼女の活路があった筈である。それにはよきパトロンを得ねばならない。「駒代はそれとなく身體に貫目をつけて大きな鳥を得やうが爲め」吉岡に会うまでは「まだ一度も屏風を立廻したお座敷をつとめた事はなかつた」〈三〉わけである。〈三〉で吉岡の求めにすぐ応じたのは「吉岡さんなら全く結構」〈三〉だからである。〈三〉で「駒代は再び胸がはずんで顔が熱くなるやうな心持、だまつて枕元に坐つたなり自然伏目になる」というところは、初出では「『嬉しいわね。今夜はしみ〴〵。』云ひながら駒代は枕元へ坐を移して、『あなた、普通《あたりまへ》の巻煙草を持つて居らしやらなくつて。』」となっており私家版より積極的である。この変更には、駒代をひかえめな好もしい人物として描こうとする作者の意志を感じさせる。駒代は自分の希求にひたむきな人物として描かれている。そうなると周囲の思惑など見えなくなってしまう。〈十七〉における「挨拶一ツせず笑つて行過ぎる」ことが力次の反感を強め誤解を生むところや、〈十〉における「唯只自分の藝を立派に引立たせ」たいばかりに菊千代の立場を考慮しないところや、〈十一〉における舞台の出来のよしあしを瀬川からきく嬉しさのため吉岡に連絡もせずにすっぽかすところなどにそれは読みとれる。〈四〉で呉山が駒代の身受の話を聞いて「此の頃の妓《こ》は義理といふ事を構はねえのだから何處へ出しても強いもんさ」という背景にはこうした事実があるわけである。したがって吉岡を駒代にとられたと力次が思うのには駒代に一半のいたらなさが認められる。

典型的な功利主義的人間

吉岡は「今は遊ぶが上にも遊馴れてしまつた身の上に思及ぶと、これは又一寸人には話も出來にくい程萬事が抜目なく胸算用から割出されてのみゐるのに、自分ながら少し氣まりの惡いやうな妙な氣」がする〈一〉人物である。〈五〉では、

所謂現代の青年たる彼には前時代の人々の心を支配した儒敎の感化は今や消失せてゐたので、最終の勝利たる其の目的の貫徹に對しては手段の如何を問ふべき必要も余裕もないのであつた。其の人の罪ではない。これ則時勢の然《しか》らしむる處であらう。

と作者は弁護している。つまり、吉岡は大正という時代が生んだ典型的な功利主義的人間、ということになる。吉岡の自己中心的姿勢は〈三〉の閨房描写にも表れているが、〈十〉の歌舞伎座で行われる新橋芸者の演芸会で「滿場悉《ことごと》く解語の花ともいふべき場内の光景」を見渡した吉岡は次のような感慨を持つ。

今日文明の社會に於て酒色の肉樂に對する追究は丁度太古草莽の人間が悍馬《かんば》に跨つて曠野に猛獸を追ひ其の肉を屠《ほふ》つて舌つゞみを打つたやうな、或は戰國時代の武士が華やかな甲冑をつけて互に血を流しあつたやうなものである。凡てこれ悲壯極りなき人間活力の發揮である。この活力

は文明の發達につれ社會組織の結果として今日では富貴と快樂の追求及び事業に對する奮鬪努力と云ふが如き事に變形した。名譽と富と女とこの三ツは現代人の生命の中心である。

これが「媚態」や「意氣地」や「諦め」を内包的構造とする「いき」（九鬼周造『「いき」の構造』による）と正反対のものであることはいうまでもない。卑俗な吉岡はそうした美意識とは無縁の人である。

花柳界の変質　伝統的美意識の保持者である倉山南巣は何を見、どういう感慨を抱いたか。初出から引いておこう。

倉山はまづ自分の棧敷から程近く、二間ほど打通した其の眞中に相撲取のやうに肥滿した婆さんが、いづれも意地の惡るさうな三十前後の女を三四人お供につれ、いかにも嚴然として構へてゐるのを見た。新橋で大臣や華族の遊ぶ處になつてゐる某家の女將である。棧敷の廊下を通るものは唯一人この女將に挨拶して行かないものは無い。役者も腰をかがめ、力士も頭を下げて行く。藝者は三人四人と打連立つて引切なしに挨拶に來る。屆物の水菓子鮓の類は絶間もなく運ばれる始末。倉山は色をひさぐ日蔭の商賣をする人間もこれまでに成れば成程側目ながら貫目がついて見えるのは不思議である。今の世の待合なるものは明治政府を組織し明治の風俗を作り出した薩長人の贔負《ひいき》にあづかつて、時勢と共に此の如き盛況を見るに至つたものである。されば今日の政治界に元老なるものあつて専横を極むるかぎり、社會の裏面にはかう云ふ待合の女將あつて王侯の如き權力を有する事いさゝか以て怪しむに足りない。

引用が長くなったが、文明批評の顕著なここのところは一部分を除いて私家版でも流布本でも削除されている。かつて荷風が讃美した花柳界はこのように変質してしまったのだ。一例をあげよう。『冷笑』で荷風は座付狂言作者中谷丁蔵に託して、

これ等の紳士は花柳界第一の保護者で、表面裏面の差別なく大慈悲の神さまとして尊重されべき筈であるのに、此處に嗤《わら》ふべきは、滅びた時代の戲曲家小説家が自己の辯護として金も力もない色男を讃美する爲めに金力の主張者を極點まで醜化した。その因襲的感化によつて、花柳界の女の眼に映ずる彼等は何れも影に廻つては「いけすかないお髯《ひげ》さん」たるに過ぎない始末である。

と述べている。しかし、今や花柳界は俗世間と変わりなく「金力の主張者」――功利主義者を「大

慈悲の神さまとして尊重」し、「いき」の体現者である「金も力もない色男」を一蹴する勢いとなったのである。もちろん「因襲的感化」もぬぐい去られてしまった。『腕くらべ』の吉岡や宝屋が髯をはやしているのも偶然ではない。『腕くらべ』の背後にはこうした「嗤ふ」ことができなくなった作者の悲痛な心境が流れている。

時世の移り変わり

当時の新橋花柳界の芸者はどういう風であったか。『腕くらべ』の刊行の年とほとんど時を同じくした大正六（一九一七）年五月に新橋花柳界の錦巴という人が刊行した『私の見たるお客』（現代出版社刊）は「當今《いまどき》のお客様には、張りだの意氣は大禁物ですもの、たゞもう、デレ〳〵してさへ居りや、お氣に召すのですから、藝以外の藝を藝者にお求になるのですもの、つまり買手の方から非常識に不道徳に、女の生命である唯一の貞操を蹂躙《じゅうりん》しようとして墮落していらしやるのですから、賣る方でばかり高尚がつて居たのではねつから稼業にならなくなつてしまいます」と証言している。要するに功利主義的風潮は芸者も客も堕落させたのである。『腕くらべ』の芸者についていえば〈十一〉で肉の権化のように描かれている菊千代は当世紳士に「藝以外の藝」を以て応ずる芸者の典型といってよいであろう。その菊千代がともかく歌舞伎座で「傀儡師《かいらいし》」の脇が唄えるようになったのは十吉の仕込みがあったからである。十吉は菊千代が「能く賣れる妓なので」放しきれなかったのに対し呉山は「あんな枕藝者を置いちゃ家の名前にかゝはるから、何處へか住替へにやつてしまへ」という。呉山は〈四〉で「小祿な旗本の嫡子」の生まれで二〇歳の時幕府が瓦解したためいろいろ士族の商方に失敗した末「藝が身を助ける不仕合」で講釈師になったが、十吉に見染められて入り揚げ、亭主となった人物と説明されている。幕臣だった呉山は「明治政府を組織し明治の風俗を作り出した」側から疎外された人物なのである。格式にこだわると同時に江戸伝来の美意識をもつ呉山は〈二十〉にあるように「藝者家の亭主なんぞといふものは粋が身を喰つた果の酒落半分、萬事垢抜《あかぬけ》のしたもの」と思っている。こうした呉山が「初手は見得も糸瓜《へちま》もかまはず、さもしい事の有りたけ爲盡して少し工面がよくなると、忽ち利《きき》目《め》々々へ金で手を廻し、以前の身分を忘れて大きな顔をし出す」成上り者で自分を中心にした勢力を計る宝屋と相入れないのは当然である。同様に「誰に限らず年寄つた人の口から親しく過ぎ去つた世の話を聞き、それを書取つて後の世に殘す事をば操觚者《そうこしゃ》たる身のつとめのやうに思つてゐる」倉山南巣と、「いろ〳〵な雑誌に出てゐる西洋文學の紹介からいつでも暗示を得て、直ぐにそれを自家藥籠《やくろう》中のものにする敏捷《びんしょう》な才がある。然し一度も原書を讀んだ事がない」という山井要も対比的存在である。日夏耿《こうの》之介《すけ》は山井程度の俗悪人物を「些《いささ》か玩弄《がんろう》」しすぎており、そこに「此小説の諷刺の浅薄性」を指摘（『荷風文學』昭25・3刊）している位であるが、以上の対比は伝統的美意識を持っている旧世代とそれを払拭し功利を第一に置く新世代との対立として描かれている。後者によって前者が押し流されていく痛ましい時世の移り変わりを、新橋花柳界を立体的に描く中から指し示したところにこの作品の意義が認められよう。

役者の堕落

　駒代が吉岡を失った根本の原因は、吉岡の妾になってもし見捨られれば三度目の芸者に立ち戻るような困った事態になることが予想され、返事をしぶっていたところにある。自前になりたいという駒代の意志と「駒代を藝者にして置く位ならば何も自前にしてやる必要は少しもない」という吉岡の意志とは妥協の余地がない。吉岡の離反で駒代がこたえたのは、菊千代を自前にしてやったことにある。そこに吉岡の卑しい計算があった。駒代はまんまとその術中に落ち入ってしまったことになろう。なぜなら駒代はそこで当初の目的をエスカレートさせて瀬川の女房に収まることに一途になるからである。

　瀬川との出会いは偶然になされる。そしてすぐ深みにはまってしまったのは「他國で圖らず同郷のものに出遇つたやうな懐しさ」――同じ世界にいる者同志という仲間意識を覚えたからである。前出の『私の見たるお客』の著者は「藝者と俳優《やくしや》、關取、藝人とは、鶴に龜《かめ》、歳暮に鮭のように極りきつて居ますけれど、それは實意のある人なり、意氣のある人なりに、廻り合はない前のことで、ほんの辛らい稼業の憂さ晴し、苦い薬を飲んだあとの口直しのようなもので、てんで問題じやありません」と述べている。芸者と役者との関係は通常「實」をぬきにして成立するものなのに、駒代は瀬川に打ち込んでしまう。〈六〉で彼女は「まだ三日とたゝぬ中、突然向からちやんとお座敷にして人知れず呼んでくれるとは、全く思ひもよらない、何といふ親切な實情《じつ》のある仕打《しうち》であらう」と思う。これが誤認であることは「云はば藝人の義理半分またお詫半分にお座敷へ呼んでやった」とあることでもわかる。この時瀬川の眼には駒代は「初生《うぶ》な氣まじめな藝者」と写る。瀬川は自惚《うぬぼれ》から「此の上斯うもしてやつたら先はどんなに逆上《のぼせ》るだろうと思ふと、もう面白半分」で調子にのる。ここで読者に瀬川の本性が暴露されるわけである（蛇足かも知れないが、〈三〉の吉川といい、〈八〉の海坊主のような骨董屋といい、この瀬川といいそうした時に強い自己愛が表出されることが共通しているのは、一種異様である。それは荷風その人の性癖と何か関係があるのかも知れない）。

瀬川は〈十二〉に示されているように養子であり、継母の手前をはばかって生活してきた人物である。彼は南巣に「實は駒代を女房にしやうかと思つたのも、あんまり色んな事を恩にきせて煩《うるさ》くつて仕様がないからなんですよ」と説明する。つまり、駒代がいやなわけではないが女房にしようかと思ったのは彼女への愛からではなく継母への反発からなのである。南巣は笑って「そいつは心細いな」と言っただけで渦中に入らないのは彼が通人であるからであろう。南巣の妻お千代から「仇ッぽい意氣な年増」と評された駒代は〈十六〉で「萬事すつかり女房氣取」でいる。その駒代に瀬川の継母お半は「いつもえらいお骨折で」と愛想よく笑顔を見せる。そうしているのはおまえさんの勝手ですよ、というわけでそこにこの女性の冷徹さが表れている。〈十八〉で瀬川は駒代に飽きが来ており、「今では大分借金もありさうな駒代」とは、「何かいゝ代りの出逢次第」手を切ろう、と思うようになる。駒代の借金は瀬川のためにできたことは明らかなのに、瀬川は「君龍の財産を頼母しく思つた」お半の意に従って駒代をかえり見ず君竜を女房にする。この時瀬川は芸と人情とを重んずる筈の役者気質から逸脱し、堕落したのである。

結末をめぐって

この作品について谷崎潤一郎は、

兎に角あの作品には、四十臺の作家が二十臺の自己の作物を讀み返してみる時にしばしば感ずるであらうやうな、氣恥しいところ、無躾《ぶしつけ》なところ、生硬なところを凡《す》べてすがすがしく洗ひ落して、今や漸く老境圓熟の域に這入つた此の藝術家が、眞に己れの身に附いた技巧を見事に完成し、整頓させた趣がある。しかし私は、正直を云ふと佐藤が推賞した程には此の作品に打たれなかつた。圓熟の美はあり、齊整の美はあるが、その題材が爲永春水以來の花柳界と云ふ古めかしい世界に限られ、あまりに粋になり過ぎたために現代離れのした氣味合ひがあつて、これでは結局紅葉あたりの綺麗事の境地から一歩も進んでゐないと思はれた（「『つゆのあとさき』を読む」昭6・11発表）。

と論じている。たしかにこの作品には、呉山・南巣の好もしい旧世代に対する宝屋・山井の憎むべき新世代という構図がはっきりしており、それらの人物は互いにからみあって葛藤を生じるというようにはなっていない。葛藤は芸と同時に打算も見栄ももっている駒代を中心とする「腕くらべ」に限定されている趣きがある。谷崎が「現代離れのした氣味合ひ」といい、「紅葉あたりの綺麗事の境地」といった時、「新規蒔直しに新しい妓を抱へて、お前のいゝやうに商賣をするがよからう」という呉山の救いを結末に置いたことが当然視野に入っていたであろう。

呉山は呆れた顔の駒代を打捨つて古手拭片手にぷいと湯へ行つてしまつた。駒代は電話をかけた後、火鉢に炭でもついで置いて上げやうと靜に佛壇の前に坐つたが、すると突然嬉しいのやら悲しいのやら一時に胸が一ぱいになつて來て暫し兩袖に顔を掩ひかくした。

この結末をめぐってさまざまな見解が示されてきた。吉田精一は「読者の後味を悪くさせまいとする『綺麗事』の匂いが強く、敗北の女性である駒代に対する思いやり、戯作者風の一種の勧善懲悪(でもあるまいが)的趣味さえ感ぜられる」(『永井荷風』昭46・2刊)と説いているのに対して、宮城達郎は「今後はさらに茫洋《ぼうよう》とした運命の気まぐれから、いっそうの浮き沈みが彼女を待っているという感が深い。その意味で、この作品の結末は、人生そのもののうちに底流している暗愁と悲哀、女性の持つ弱さと哀れさを暗示し、言外に万感の余情を含めている」(「『腕くらべ』の駒代」昭44・10発表）と説いている。

『腕くらべ』には戯作者風の口調でかかれた「はしがき」がついているが、その中で荷風は「これとて未尚全く完結に及べるものにもあらざればいよ〳〵その後篇とも稱すべきもの幸ひにしてまた來ん春まで命保ち得たらんにはやがて書きつぐべき折もやあらん」と述べている。事実大正七（一九一八）年二月九日の日記には「家に在りて午後より腕くらべ續篇の稾《こう》を起す」とある。この「續篇」は成らず、草稿も残っていないのでその後の展開を知る由もないけれども、これまでの流れからすれば、呉山の人情が一度は実を結びながら時代の趨勢の前に潰《つい》え去ってしまうというふうになるのではないかと思われる。〈十八〉には駒代が「自分は一生涯泣いて暮すやうに生れて來たのかも知れない」と思うところがある。荷風はそこまでかくにしのびなかったのかも知れない。とすれば結末はこのままで充分であろう。利害打算で動くすさまじい「腕くらべ」の世界の最後に濁らない悲しい風景を置くことによって人の世のはかなさが暗示されているのである。

『濹東綺譚』

危うかった連載完結

『濹東綺譚』は昭和一一(一九三六)年九月二〇日に起稿され、同年一〇月二五日に脱稿、一〇月二八日に「朝日新聞」夕刊に掲載が決まり、翌一二年四月一六日の東京・大阪「朝日新聞」夕刊に木村荘八の挿絵で「第一ノ一」が載り連載が始められ、同年六月一五日「第十一ノ三」が載った三五回で完結した。一一年一一月一七日の『斷腸亭日乘』には「朝日新聞記者新延氏日高君と共に來り拙稿濹東綺譚の原稿料金貳千四百餘圓小切手を贈らる」とあり、高額の原稿料だったことがわかる。掲載が遅延し、かつ二五日分ほど休載したのは、玉の井の娼婦を描いた軟派小説を連載するのは時局をわきまえないことだという声が新聞社内にあったからだ、と秋庭太郎は『荷風外傳』で指摘し、さらに時局柄国際関係の記事が集中したこと、陸軍試作国産機朝日新聞社神風号の社をあげての声援と報道とをあげている。昭和一二(一九三七)年といえば日中戦争開始の年であり、七月七日にはそのきっかけとなった蘆溝橋《ろこうきょう》事件が起こっている。連載がもう少し遅れていたならば連載完結はこの時期にはできなかったであろう。「まことに危いすべりこみだった、といっていい」と平野謙は述べている(「永井荷風——『濹東綺譚』を中心に」)。

上記の間にあって、一一年一一月「濹東餘譚」をかき、「萬茶亭の夕」と改題して一二年一月一日発行の「中央公論」に掲載した。このエッセイはさらに「作後贅言《ぜいげん》」と改題され単行本『濹東綺譚』に収められた。

『濹東綺譚』の草稿は、毛筆でかいた正本と「推敲《すいこう》を加えるかたわら、これを鉛筆で筆写した副本原稿」(宮城達郎『永井荷風』)とがあり、朝日に渡したのは副本の方で、正本は京屋印刷所に一二年一月二〇日に渡している。この日の日記には「非賣品となし壹百部印行する心なり」とある。ところが同年三月三一日の日記には「京屋印刷所違約甚不届千萬なり」とあり、四月七日には注文を取り消している。限定本一〇〇部は五〇部づつ二回に分けて納入されたが荷風は出版費を払わなかった。「濹東綺譚題言」には「この書は賣品に非ず但本文は岩波本と同様なり百部ほどすりしが製本等氣に入らねば打捨てゝ人に贈らず今も偏奇館の物置小屋に入れてあるなり」とあるが、この私家版には勝本清一郎の指摘によれば「用紙を異にする第一刷本と第二刷本」とがある(「私家版『濹東綺譚』二種」昭39・2)。私家版(烏有堂板)の奥附には「昭和十二年四月　日發行」とあり、日附は記されていない。四六版で荷風自ら撮影した濹東の風物写真一〇葉と偏奇館風景写真一葉とがアート紙で挿入され、それぞれの写真に自作の俳句が付されているのが特色である。この私家版は納品の前に京屋印刷所の経営主によって水上滝太郎など二、三の人に配られた事情があり、荷風はそれに腹を立てたらしい（秋庭太郎『永井荷風傳』参照）。

岩波書店版の『濹東綺譚』は一二年八月一〇日に第一刷が発行されている。こちらの方は菊版で、「作後贅言」がそえられているのは私家版と同じであるが、写真ではなく新聞掲載の本文と共に世評高かった木村荘八の挿絵がそのまま入れられている。初出で一二年六月一三日掲載の三四回「第十一ノ二」には最後に「御斷り」として「挿画は前回の分と入れ違ひました」という記事があるが、これは岩波版では訂正されている。この岩波版が流布本となったのである。私家版系のものとしては昭和三一（一九五六）年一月一日の発行で八木書店から復刻（限定五〇〇部）されたものと同年七月二〇日発行の東都書房版『永井荷風選集』第二巻に収められたものとがある。

あらすじ

夕風も追々寒くなくなってきたある日、わたくしは「活動写真」（映画の旧称）の看板を一度に最も多く見られる浅草公園に出かける。行く先も定まらない散歩であったがポン引き（娼婦の客引きをして暴利を得る者）に会って誘いをことわるのに吉原へ行くと出まかせにいったことから方向が決まる。吉原大門前にはわたくしが行きつけの古本屋がある。そこの主人は東京の下町生粋の風俗を残している人物である。ひょんなことからわたくしはその店で維新前後のものらしい女物の長襦袢を『芳譚雑誌』の合本と一緒に買うことになる。言問橋の近くでわたくしは巡査によびとめられ尋問を受ける（ここで「わたくし」が大江匡《ただす》という麻布区御箪笥《おたんす》町一丁目六番地に住む五八歳の独身の小説家であることがわかる）が、戸籍抄本と印鑑証明書を持っていたので難を避けることができた〈一〉。

わたくしは「失踪《しっそう》」と題する小説（主人公は種田順平という五一歳の私立中学校の英語の教師で、初婚の恋女房を失ってから元気のない影のような人間になっており、継妻光子母子の金に迷って再婚をした人物である。光子には雇われ先の政治家の主人に欺かれ男の子を出産した過去がある。その子を入籍してから二年のちに女の子が生まれつづいて男の子が生まれた。光子とちがって気の弱い交際嫌いな種田は妻子も冷眼に見た生活をしていたが、五一歳の春、退職させられて退職金を受け取ったその日に行方をくらました。かつて下女奉公にきていた女給のすみ子と偶然出会ったことのある種田はすみ子の部屋借をしているアパートに行き、事情をうち明けて一晩泊めてもらった）の結末を思案中である。小説をつくる時、場所の選択とその描写に興を催すわたくしは、六月末のある夕方、雷門から折よく来合わせた寺島玉の井行の乗合自動車（バス）で玉の井に行く。そこで夕立に会う。外出時に必ず傘をもって出るわたくしがそれを開いて歩きかけたところへ「檀那《だんな》、そこまで入れてつてよ」といいさま傘の下にまっ白な首をつっこんだ女がある。わたくしはその女を送って行ってやることにする〈二〉。

その玉の井の女は、溝《どぶ》にかかった小橋をわたったところにある娼家にわたくしを案内した。そこにはその女一人しか居ない。彼女はわたくしの目には明治年間の娼妓のように見えた。帰りぎわにもらった名刺から彼女の名が「雪子」であることがわかる〈三〉。

「失踪」の一節――吾妻橋のまん中ごろで、すみ子と待ち合せた種田は、秋葉神社付近のすみ子の住んでいる吾妻アパートに泊ることになる。「おそまきでもこれから新生涯に入るんだ」という種田に、すみ子は自分の境涯を語る。彼女の父は暴力団員であった〈四〉。

梅雨があけて暑中になると、隣家のラディオの音がうるさく耳につくようになる。このために「失踪」は中絶してから一〇日になる。わたくしはお雪のところで憩《やす》むことにした。お雪はわたくしをアパート住いの独身者で秘密の出版を業とする男だと誤認し、一層うちとけて、全く客扱いをしないようになった〈五〉。

いつも島田か丸髷《まるまげ》にしか結っていないお雪はわたくしを過去に呼返してくれる。その夜お雪さんは急に歯が痛くなって、わたくしに留守番を頼んで行く〈六〉。

留守中にお雪の抱主《かかえぬし》が夜食の惣菜《そうざい》を持ってくる。わたくしはお雪がもどると、金を渡して二階へ上がる。お雪も上がってきて、窓の敷居に腰かけて、突然わたくしの手を握り、「わたし、借金を返しちまつたら。あなた、おかみさんにしてくれない」という。「もう、十年わかけりやア」というところから、逆に彼女の年齢が二六歳であることがわかる。お雪は「髪結さんの歸り……もう三月になるわネエ」という。少し引きのばした「ネエ」が無限の情を含んだように聞える。わたくしは、身分を晦《くら》ました責だけは免れないかも知れないと思う〈七〉。

玉の井稲荷の縁日でわたくしは常夏の花一鉢を購《あがな》い、お雪に届けに行くが二階にはまだ客があるらしいので、そっと下の窓から鉢を入れて、白髯橋の方へ歩みを運んだ。

「失踪」の方は、二四歳のすみ子と五一歳の種田とは情交を結ぶ、種田は急に若くなったような気になる、すみ子はおでん屋のような一人でやれる商売を考える、という展開になる〈八〉。

九月も半ばちかくなって、古本の虫干をすませたわたくしは、お雪のところへ出かける。お雪は秘密出版の新聞記事からわたくしがつかまったのではないかと心配していたという。彼女はわたくしの額にとまった蚊を掌でおさえた。その夜、わたくしの切ない心持はいよいよ切なくなった。今はこれを避けるためには、重ねてその顔を見ないに越したことはない〈九〉。
四、五日たつともう一度行って見たくなってわたくしはお雪の家の窓に立ち寄った。お雪は来る筈の人が来たという心持を現したが、家の様子が以前とちがう。新しい抱《かか》えの女と飯たきのばあやが来たのである。わたくしは半時間とはたたぬうち戸口を出た。
十五夜の当夜、わたくしは、雇婆からお雪が病んで入院していることを知る。

一〇月になると隣家のラディオも苦しめないようになり家に居ても灯火に親しむことができるようになった。濹東綺譚はここに筆を擱《お》くべきであろう〈十〉。

タイトルをめぐって

先ず題名から考えてみたい。作者は「作後贅言」において、「向島寺島町に在る遊里の見聞記をつくつて、わたくしは之を濹東綺譚と命名した」といい、「濹」の字は江戸後期の儒者林述齋《はやしじゆうさい》の墨田川を言い現すための造語でその詩集には「墨上漁謡」と題せられたものがあり、また、成島柳北が向島須崎村の別荘を家としてから柳北の詩文には多く「濹」の字が用いられはじめ、それからあまねく文人墨客の間に用いられるようになった、と「濹」の字の来歴を語ったあとで、玉の井の地は墨田提の東北に在るので「濹上」とするには少し遠すぎるので「わたくしはこれを濹東と呼ぶことにした」と説明している。従って「濹東」は荷風の造語である。さらに荷風は「濹東綺譚はその初め稿を脱した時、直に地名を取つて『玉の井雙紙』と題したのであるが、後に聊か思ふところがあつて、今の世には縁遠い濹字を用ひて、殊更に風雅をよそほはせたのである」といっている。この作品は林述齋以来の「文人墨客」の詩文に現された「風雅」を視野に置いてかかれたのである。そこには戦争へ戦争へと向かって行く時代の流れに対する反語的意味が認められる。「濹東綺譚」の題名は先の記述とは異なって少なくとも脱稿以前に決められていたことは「日乗」に照らして明らかである。題名がもし「玉の井雙紙」であったならば福田清人の指摘（「作品論・濹東綺譚」昭35・6）にある如く「一つの先入観念から、比重の軽い印象を与えたかも知れ」なかった。荷風が九月二〇日の日記の欄外に「濹東綺譚起稿」と朱書した事実を曲げて「玉の井雙紙」を強調したところには「当局」に対する揶揄《やゆ》があったのではなかろうか。この作品はたしかに「今の世には縁遠い」ある種の様式に満ちている。たとえば〈一〉における古本屋の亭主は「その顔立、物腰、言葉使から着物の着様に至るまで、東京の下町生粋の風俗を、そのまゝ崩さずに殘してゐるのが、わたくしの眼には稀覯《きこう》の古書よりも寧ろ尊くまた懷しく見える」とかかれている。

次に「綺譚」とは「珍しくて、ふしぎな言伝え、物語」（小学館版『日本国語大辞典』）のことである。では何が「珍しくてふしぎ」なのであろうか。平野謙が指摘したように玉の井のような下等の遊里において、五八歳の老人が二六歳の芸者をしていた体験のある娼婦に結婚を申し込まれて「處世の經驗に乏しい彼の女を欺き、其身體のみならず其の眞情をも弄んだ事になるであらう」と本気で考えるような人間関係が成立した、ということであろう。そして荷風は作品世界においてそれを構築することに見事に成功したのである。それなくしてはこの作品の最も優れたところ——情緒的詩情は成立し得ない。したがってこの作品は客観的な「遊里の見聞記」ではない。

『断腸亭日乗』をたどりつつ

荷風が最初に玉の井を訪れたのは、昭和七（一九三二）年一月二二日である。『日乗』には「賣笑婦の家はむかし淺草公園裏に在りし時の狀況と變るところなし」とある。この時は感興を覚えなかったらしく、その後途絶えていたが、昭和一一（一九三六）年三月三一日に再度玉の井に赴き「陋巷を巡見」している。四月二一日には「稍《なお》陋巷迷路の形勢を知り得たり。然れども未精通するに至らざるなり」とあるが、翌二二日には「玉の井の記をつくる」という進行ぶりであった。これは「中央公論」同年六月号に「殘春雜記」（「鐘の聲」「放水路」「玉の井」）中の一編として発表されたが、のち「寺じまの記」と改題された。ここで注目すべきことは玉の井通いをするようになる理由が述べられていることである。その第一は、玉の井の溝の水が鉄漿溝《おはぐろどぶ》の埋められなかった昔の吉原を思い出させ意外なる追憶の情に打たれたことである。「三四十年むかしに逆戻りしたやうな心持」ともかいている。このことは『濹東綺譚』の書き出し――「わたくしは殆ど活動寫眞を見に行つたことがない。おぼろ氣な記憶をたどれば、明治三十年頃でもあらう」云々と失われた過去を追慕する方向に作品が進められていくことと結びついている。さらに〈九〉では大江がお雪に「この蚊がなくなれば年の暮だらう」というとお雪が「さう。去年お酉《とり》様の時分にはまだ居たかも知れない」と答えるところがある。蚊は明らかに吉原に結びついており、それは下谷龍泉寺町に移転した樋口一葉の明治二六（一八九三）年七月二〇日の日記の一節――「蚊のいと多き處にて藪蚊といふ大きなるか（が）夕暮よりうなり出る／おそろしきまで也／この蚊なくならんほどハ錦（絹）入きる時ぞとさる人のいひしが冬までかくてあらんこと侘し」を想起させる。第二は玉の井在住の若い女性の顔の表情が「朴訥《ぼくとつ》穏和」で「一見して恐怖を感ぜしめるほど陰険な顔もなければまた神經過敏な顔もない」点が気に入ったことである。これは〈八〉の「端無《はしな》くも銀座あたりの女給と窓の女とを比較して、わたくしは後者の猶《なお》愛すべく、そして猶共に人情を語る事ができるものゝやうに感じた」というところとつながっている。したがって、荷風は大江匡のように自分のかく小説の主人公の「潜伏する場所」をえらぶ必要から玉の井に行ったのではない。

五月一一日の『日乗』には「夜浅草公園活動小屋の繪看板を見歩き、千束町を過ぎ、吉原遊廓を歩む」とある。これは〈一〉における道筋に照応する。したがって『濹東綺譚』の腹案はこのころから始められたのではないかと推量される。〈一〉には大江が巡査の尋問を受けるところがある。最後に大江がウェストミンスターという外国製の高級たばこの烟を交番の中へ吹き散して行く痛快な場面があるけれども、秋庭太郎『考證　永井荷風』には「荷風は小田呉郎と隅田公園を漫歩した際、持参の風呂敷包みの結び目から、この日買入れた古着の女物の派手な長繻袢の端を故意にチラチラさせて、わざ〳〵巡査派出所前を往ったり来たりして巡査から不審訊問をうけるべく努めたが、荷風の人柄がよかった故か巡査は荷風等二人に頓着しなかったという」とある。この作品にはさまざまな虚構やしかけがしてあるが、その最大のものは、第一に大江匡イコール永井荷風と読者が思わざるを得ないようになっていることである。〈一〉で戸籍抄本と印鑑証明書が示されるのであるから主人公は大江匡であるに違いない。しかし大江の思想や嗜好は荷風のそれであり、〈七〉で大江の作品として「晝すぎ」「妾宅」「見果てぬ夢」が持ち込まれれば読者は大江=荷風と思ってしまう。作者はこうしてこの作品にかかれたことは作者が体験した本当のことなのだと読者に思わせようとしているわけである。第二は〈七〉に示されているお雪との交情であり、第三は先に述べた「失踪」の存在である。今、しばらく日記をたどってみる。

五月一六日の『日乗』には「玉の井見物の記」が記されている。これは客観的「遊里の見聞記」

であり、詳細な自筆の地図が附されている。但し詩情は全くない。〈二〉には次の一節がある。

小説をつくる時、わたくしの最も興を催すのは、作中人物の生活及び事件が開展する場所の選擇と、その描寫とである。わたくしは屢《しばしば》人物の性格よりも背景の描寫に重きを置き過るやうな誤に陥つたこともあつた。

好む「場所」に通暁《つうぎょう》して初めて作中人物が描写できる。この五月一六日ころ玉の井の地に通暁した作者の胸中に、現実とは別のお雪が生きてくる。

お雪のモデル

九月七日の『日乗』には次の記述がある。

今年三四月のころよりこの町のさまを観察せんと思立ちて、折々来りみる中にふと一軒憩《やす》むに便宜なる家を見出し得たり。その家には女一人居るのみにて抱主らしきものゝ姿も見えず、下婢も初の頃には居たりしが一人二人と出代りして今は誰も居ず。女はもと洲崎の某楼の娼妓なりし由。年は二十四五。上州邊の訛《なまり》あれど丸顔にて眼大きく口もと締りたる容貌《きりよう》、こんな處でかせがずともと思はるゝ程なり。あまり執《しゆう》ねく祝儀をねだらず萬事鷹揚《おうよう》なところあれば、大籬《だいり》のおいらんなりしと云ふもまんざら虚言にてはあらざるべし。

この女性がお雪であると思われる。荷風とこの女性との出会いが何時であったかはわからない。〈三〉では大江とお雪との出会いについて次の説明が成される。

わたくしは春水に倣《なら》つてこゝに剰語を加へる。讀者は初めて路傍で逢つた此女が、わたくしを遇する態度の馴々し過るのを怪しむかも知れない。然しこれは實地の遭遇を潤色せずに、そのまゝ記述したのに過ぎない。何の作意も無いのである。驟雨《しゆうう》雷鳴から事件の起つたのを見て、これ亦作者常套の筆法だと笑ふ人もあるだらうが、わたくしは之を慮《おもんぱか》るがために、わざ〳〵事を他に設けることを欲しない。夕立が手引をした此夜の出來事が、全く傳統的に、お誂《あつらひどほ》通りであつたのを、わたくしは却《かえつ》て面白く思ひ、實はそれが書いて見たいために、この一篇に筆を執り初めたわけである。

「この一篇」に着目した平野謙は「ここにおいて『失踪』という小説を腹案中の『わたくし』と『濹東綺譚』をかく作者自身とが、二重写しのままで、ほとんど無意識的に混同されているのではないか、と読者は危む」（前出）と指摘している。「この一篇」が『濹東綺譚』である以上「わたくし」は作者荷風でなければならないのに、「路傍で逢つた此女が、わたくしを遇する」とある「わたくし」は勿論大江である。この点について笹淵友一は「この作品様式は作者と読者との暗黙の了解の下に成立する一種の新しい戯作といってよい」(『永井荷風――「堕落」の美学者』昭51・4刊)という見解を示している。いずれにしろこの一節だけは、「わたくし」は大江と荷風に分裂している。平野は「私小説的定式を意識的に採用した作者の技法が、ここで危く破綻《はたん》しそうになる」と説き、「間髪をいれず、作者は改行して、『雨は歇《や》まない』の一行を挿むことによって、『わたくし』と女の会話に筆を戻す」と述べているが、「雨は歇まない」との間には次の一節が介在する。

一體、この盛場の女は七八百人と數へられてゐるさうであるが、その中に、島田や丸髷に結つてゐるものは、十人に一人くらゐ。大體は女給まがひの日本風と、ダンサア好みの洋裝とである。雨宿をした家の女が極く少數の舊風に屬してゐた事も、どうやら陳腐の筆法に適當してゐるやうな心持がして、わたくしは事實の描寫を傷けるに忍びなかつた。

このお雪に関する記述は、秋庭太郎が「大きな島田に結い、太襟の長襦袢姿の荷風好みの小柄な容貌のいゝ未だ里馴れぬかにみえる」お雪のモデルと伝えられる若い娼婦の写真を『荷風外傳』で紹介し、信頼できるその出所をも明《あか》しているのと照応する。さらに九月一五日の『日乗』には「こ

私家版『濹東綺譚』
（八木書店版）より

の夜女は根下りの丸髷に赤き手柄をかけ、洒木綿の肌襦袢に短き腰巻の赤きをしめたり。この風俗余をして明治四十年代のむかしを思起さしめたり」とある。これは、〈六〉の「いつも島田か丸髷にしか結つてゐないお雪の姿と、溝の汚さと、蚊の鳴聲とはわたくしの感覺を著しく刺戟し、三四十年むかしに消え去つた過去の幻影を再現させてくれるのである」と照応する。

つまり作者は風俗的客観的事実を挿むことによって夕立の中での大江とお雪との出会いが現実であったことをここでも説得しようとしているのである。もとより様式美で終始一貫しているこの作品において、夕立の中での出会いが虚構であることはいうまでもない。

大江匡の役割

『日乗』には女性との〈七〉に示されているような交情は一切見られない。玉の井を探訪しているうちに荷風は丸髷を結った容貌のよい若い娼婦に出会い、彼女を介して「明治四十年代のむかし」の思い出をよび起こされた。そして、玉の井の地に通暁した時に、その女性は彼の観念の世界で思い出と共に現実のその人とは別に生き始めたのである。そこから小説の腹案が成り、作品世界のなかでお雪との人情本仕立ての出会いや交情を実現させた。作者からその役割を担わされたのが大江匡であるといえよう。荷風の美的観念の中にいるお雪と大江との交渉には肉感性がわざとカットされている。そればかりではない。玉の井の地自体が美化されてなるべく醜い印象を与えないように描かれている。

玉の井は売色の地であるから肉感性がなければそれらしさが出てこない。作者がジッドの『パリュード』もしくは『贋金《にせがね》つくり』から学んだ手法で発想された「失踪」という劇中劇はそのために有効に働いているのではなかろうか。「失踪」については「正面から玉の井の遊里を書くことをさけて、『失踪』の主人公の逃避の住所をその近くにおくという理由づけから、偶然、そこに足をふみ入れたように、技巧づけた」という福田清人の説、「作者は、『わたくし』がお雪の態度に不安を感じ、身を引く姿勢をとりかかったとき、種田と若い女との恋愛関係を一歩進めさせ、種田に『活きがい』を告白させるように全体を構成している。そこに『わたくし』という人物の内部にうごめく『夢』が描き出されているといえなくもない」という竹盛天雄の説（岩波文庫版解説）、「挿話としての『失踪』の設定は、大江匡とお雪との仲があり得べき現実だということの裏づけ作業であった」という野口冨士男（『わが荷風』）の説がある。種田とすみ子とが情交を結びその後の生活を考えるところで「失踪」は作者（荷風）から御用済となってしまう。このことは初めからそれが『濹東綺譚』の一部分として構想されたことを示している。

別れの時

大江匡は「殘暑の日盛り藏書を曝《さら》すのと、風のない初冬の午後《ひるすぎ》庭の落葉を焚く事」とを「獨居の生涯の最も娯しみ」としている。彼は巡査から「こんな處は君見たやうな資産家の來るところぢやない」といわれた体験をもち、玉の井に出かけるときには服装を変えることにしている。家に帰ると「いつものやうに顔を洗ひ髪を掻直した後、すぐさま硯の傍の香爐に香を焚」いてから文筆にとりかかる。こうした風雅（風流で上品）な生活をしている老文人である。

お雪が大江に「わたし、借金を返しちまつたら。あなた、おかみさんにしてくれない」といったのは、平野謙の指摘にあるように、大江を「祕密の出版を業とする男」と誤認したからである。大江は自らの失敗の体験を語り「彼女達は一たび其境遇を替へ、其身を卑しいものではないと思ふやうになれば、一變して教ふ可からざる懶婦《らんぷ》となるか、然らざれば制御しがたい悍婦《かんぷ》になつてしまふからであつた」と述べる。遊女が結婚すればなまけものの女になったり気があらい女になったりするものかどうかは今措《お》くとして、お雪は玉の井の娼婦と秘密の出版業の男とは釣り合う相手（その身を卑しくしていなくてもよい相手）だと思ってそう言ったのである。だが大江はそれを風雅の生活を乱す言葉と受け取ったのである。独特な結婚観を持つ大江は「倦《う》みつかれたわたくしの心に、偶然過去の世のなつかしい幻影を彷彿たらしめたミューズ」であるお雪に対して「其結果から論じたら、わたくしは處世の經驗に乏しい彼の女《をんな》を欺き、其身體のみならず其の眞情をも弄んだ事になるであらう」と考えて、「切ない心持」を避けるためには「重ねてその顔を見ないに越したことはない」と決意し、それとなく別れを告げるためお雪に会いに行くという展開になる。袷《あわせ》を買う金を茶ぶ台の上において外に出る。通常の小説と違って〈九〉はこれで終わるのではない。このあと伏見稲荷から白鬚橋へむかう道筋の夜景が、

吹き通す川風も忽ち肌寒くなつて來るので、わたくしは地藏坂の停留場に行きつくが否や、待合所の板バメと地藏尊との間に身をちゞめて風をよけた。

と語られて終わる。石川淳が「これはもはや作中の主人公の運命ではなく、荷風散人という一箇の詩人が地上に生活するところの、可能なるべき形態である」(角川文庫版解説)と説いているのは至言であろう。そして、そこには昭和一一年二月二四日の『日乘』に示されているような荷風の寂しい老境が投影しているといってよいであろう。

大江は〈十〉で見るように〈九〉の決意に反して「事情を打明けてしまひたい」と思ったりしてまたお雪のところへ出かける。別れの時は大江の意志どおりにはやってこない。それは新しい女と飯たきの婆やがきて「家の様子が今までお雪一人の時とは全くちがつて、長く居られぬやうに」なったときにやってくる。あたかも夏が過ぎ秋となるように、自然の時間の流れとしてやってくるのである。「このやうな邊鄙《へんぴ》な新開地に在つてすら、時勢に伴ふ盛衰の變は免れないのであつた。況《いわん》

や人の一生に於いてをや」というような咏嘆は、この作品の全編に流れている。

『濹東綺譚』のさまざまな場面には人情本（江戸市井の男女の情痴的恋愛を描いた本）仕立ての箇所があるが、『濹東綺譚』は昭和の人情本ではない。「作後贅言」において作者は、現代固有の特徴として「それは個人めい〳〵に、他人よりも自分の方が優れてゐるといふ事を人にも思はせ、また自分でもさう信じたいと思つてゐる——その心持です」といい、また、「今の女は洋装をよしたからと云つて、日本服を着こなすやうにはならないと思ひますよ。一度崩れてしまつたら、二度好くなることはないですからね。芝居でも遊藝でもさうでせう。文章だつてさうぢやないですか」ともいう。『濹東綺譚』の情緒的世界はこうした文明批評に裏打ちされているのである。

そしてこの作品の叙情には近代的憂愁が流れている。大江匡がお雪を思う時次のように「窓」を伴っている。

その夜、お雪が窓口で言つた言葉から、わたくしの切ない心持はいよ〳〵切なくなつた〈九〉。

物に追はれるやうな此心持は、折から急に吹出した風が表通から路地に流れ込み、あち等こち等へ突當つた末、小さな窓から家の内まで入つて來て鈴のついた納簾《のれん》の紐をゆする。其音につれて一しほ深くなつたやうに思はれた〈九〉。

わかるやうに説明したい……。わたくしは再び路地へ入つてお雪の家の窓に立寄つた〈十〉。

ここにかかれている老年の大江の、お雪との別れを前にした哀切な抒情こそこの作品の生命であるが、それを語る各所に「窓」が置かれている。「歩みを此路地に入るゝや假面をぬぎ矜負《きょうふ》を去る」「窓の外」の人は大江のような過去を追慕する心情でお雪のところを訪れない。大江が毎年翻訳しようと思い煩《わずら》う中国の小説『紅楼夢』中の詩は、作中人物のなんの依るべも持たない女性林黛玉《りんたいぎょく》が病床で「別離に代えて」（傍点筆者）という原題で作った詩の一節であるが、この作品の引用箇所に「已賞ス秋窓ニ秋ノ不盡キザルヲ」（傍点筆者）とある。因みにこの箇所は松枝茂夫訳『紅楼夢』（岩波文庫）では「已に覚ゆ秋窓に秋の尽きざるを」（傍点筆者）である。「賞ス」には荷風その人の感情が表れているのかも知れない。

『濹東綺譚』の「窓」は荷風が青年時代に愛読したボードレールの『パリの憂愁』中の「窓」を思わせる。それは「開かれた窓を外から眺め込む人は、しまった窓を見つめている人ほどに、多くの物を見ているわけでは決してない」（福永武彦訳）に始まり、「恐らく諸君はこう尋ねるだろう、『一体その伝説というのは確かなんだろうか』と。もしそれが私にとって生きることの助けになり、私が現に存在することを、また如何なる者であるかということを、感じ取る助けになったとすれば、私の外側に存在する現実など、そもそも何ほどのことがあろう」で終わる。「伝説」を『濹東綺譚』に置きかえればこの一節は荷風と『濹東綺譚』との関係をよく示していると思われるのである。

付記

現地調査を志向する人には大林清『玉の井挽歌』(昭58・5刊)を一読されんことをお勧めする。同書によると荷風がよく通った娼家は、いろは通りを銘酒屋街二部へ入った取っ付きの、土地でも古看板の「萩乃家」である。また、昭和59年4月30日付のサンケイ新聞(朝刊)の記事も参考になろう。それによるとその家は児童遊園地「こでまり」の前のケース屋「山恵《さんけい》」がその跡で、玉の井館のあったところは「セイフー」(スーパー)、向島劇場のあったところは「菊屋」(肉屋)となっている。

あとがき

本書はこれから永井荷風の文学を研究しようとする若い人たちのために書いた。

「第一編　永井荷風の生涯」では伝記を追いながら、作風の展開を概観するように努めた。

「第二編　作品と解説」には筆者の荷風作品に対する考えがかなり出ている。すなわち、「『あめりか物語』」は同名で「解釈と鑑賞」（昭59・3）に発表したもののほとんど全文である。「『ふらんす物語』」は、「日本近代文学」（昭57・10）に発表した「『ふらんす物語』に於ける荷風のフランス」を約半分に圧縮したものである。「『花火』と『散柳窓夕榮』」のうち「『花火』」の方は「文学・語学」（昭49・1）に発表した「『散柳窓夕榮』論」の「一」にあたる。「『散柳窓夕榮』」の方は同論文を要約して「国文学」（昭49・3臨時増刊号）に掲載した「柳亭種彦——永井荷風『散柳窓夕榮』」のほとんど全文である。「『腕くらべ』」と「『濹東綺譚』」は本書のために書いた新稿である。

本書執筆には恩師福田清人先生をはじめ、直接・間接に多くの方々のお世話になった。とりわけ昭和四八年五月『永井荷風の文学』出版ののち解散となった「荷風の会」（筆者もその一員であった）

の宮城達郎先生、竹盛天雄先生、坂上博一先生、柘植光彦氏、中島国彦氏の学恩は忘れ難い。また、本書出版に際しては、清水書院の徳永隆氏をわずらわせた。しるして深く感謝申し上げる次第である。

昭和五九年三月　雪のふる日

網野義紘

年譜

一八七九年（明治一二）　一二月三日、東京市小石川区金富《かなとみ》町四五番地（現、文京区春日二丁目）に帝国大学書記官永井久一郎・恆の三男一女（長女は夭折）の長男として生まれる。本名壮吉。父は尾張の人で儒者鷲津毅堂に学び禾原《かげん》と号し漢詩人としても知られた。母は毅堂の次女。

一八八三年（明治一六）　**四歳**　二月五日、弟貞二郎出生。このため下谷竹町の鷲津家にしばらく預けられ、祖母美代から可愛がられる。

一八八四年（明治一七）　**五歳**　鷲津家からお茶の水女子師範学校付属幼稚園に通園。

一八八六年（明治一九）　**七歳**　小石川の生家に帰り、黒田小学校尋常科に入学。

一八八七年（明治二〇）　**八歳**　一一月、末弟の威三郎生まれる。

一八八九年（明治二二）　**一〇歳**　小石川区の東京府尋常師範学校付属小学校高等科に入学。

一八九〇年（明治二三）　**一一歳**　父が文部大臣芳川顕正の秘書官となり、麴町区（現、千代田区）永田町一丁目の官舎に移る。九月一六日、祖母鷲津美代死去。のち、神田錦町の東京英語学校に入学。

一八九一年（明治二四）　**一二歳**　父が文部省会計局長となり、一家は小石川の本邸に帰る。九月、神田一ツ橋の高等師範学校付属学校尋常中学科第二学年に編入学。

一八九三年（明治二六）　**一四歳**　一一月、父、金富町の邸宅を売却し、一家は麴町区飯田町三丁目の黐《もち》ノ木坂中途の借家に移転。

一八九四年（明治二七）　**一五歳**　一〇月、麴町区一番町四二番地の借家に移転。瘰癧《るいれき》を治療するため下谷の帝国大学第二病院に入院。

一八九五年（明治二八）　**一六歳**　四月、父に伴われ転地療養のため、小田原十字町の足柄病院に入院。七月、逗子の永井家の別荘十七松荘で保養。九月、帰京し復学。中学科四年を再履修。

一八九六年（明治二九） **一七歳** 荒木竹翁について尺八を稽古し、岩渓裳川《いわたにしょうせん》について漢詩作法を学ぶ。

一八九七年（明治三〇） **一八歳** 二月、中学校を卒業。父は官を辞し、日本郵船株式会社に入社。上海支店長となる。六月、第一高等学校入学試験に失敗。九月、一家で上海に渡航し、一一月末、母・弟と共に帰国。一二月、この年設立された高等商業学校付属外国語学校清語科に入学。

一八九八年（明治三一） **一九歳** 二月、「上海紀行」を校友会雑誌「桐陰会雑誌」に発表。九月、「簾の月」を携え、広津柳浪を訪ね、その門下生となる。

一八九九年（明治三二） **二〇歳** 三月、落語家六代目朝寝坊むらく（永瀬徳久）の弟子となり、三遊亭夢之助を名のり市内の寄席に出入。この頃、徴兵検査を受けて不合格となる。五月、広津柳浪名義で「三重襷」を「煙草雑誌」に、六月、小ゆめの筆名で「花籠」を、八月、雨笛の筆名で「かたわれ月」を共に「万朝報」に発表。一〇月、柳浪との合作名儀で「薄衣《うすごろも》」を「文芸倶楽部」に、同じく「夕せみ」を「伽羅文庫」に発表。この年の冬、清人羅臥雲（蘇山人）の紹介で巖谷小波を訪問し、小波の主宰する木曜会の会員となる。一二月、外国語学校を第二学年で除籍となる。

一九〇〇年（明治三三） **二一歳** 一月、「烟鬼《エンコイ》」を「新小説」に、「濁りそめ」を「よしあし草」に、「うら庭」を「文芸新聞」に発表。二月、父、日本郵船の横浜支店長に転任。六月、榎本虎彦（破笠）に伴われて歌舞伎座立作者福地桜痴（源一郎）を訪れその面識を得たのち、三宅青軒の紹介で桜痴門下の同座狂言作者見習となる。「おぼろ夜」を「よしあし草」に、「をさめ髪」を「文芸倶楽部」に、一二月、「拍子木物語」を「文芸倶楽部」に発表。

一九〇一年（明治三四） **二二歳** 二月、「山谷菅垣」を「小天地」に、三月、「小夜千鳥」を「文芸倶楽部」に、「桜の水」を「活文壇」に発表。四月、「楽屋十二時」を「新小説」に発表。福地桜痴が歌舞伎座を去り、「日出国《やまと》新聞」の後見兼主筆となったので、荷風もこれに従い同新聞の雑報記者となる。四月一九日より五月二四日まで同紙に「新梅ごよみ」を連載したが不評のため中絶。九月、突然社員淘汰の理由で解雇され、歌舞伎座への復帰を希望したが容れられず、暁星学校の夜学に通学し、フランス語を学ぶ。

一九〇二年（明治三五）　**二三歳**　四月、『野心』を美育社より「新青年小説叢書」の第一冊として刊行。六月、「闇の叫び」を「新小説」に発表。九月、『地獄の花』を金港堂より刊行。父大久保余丁町七九番地に宏大な邸宅をつくり来青閣と命名、家族と共に移る。一〇月、「新任知事」を「文芸界」に発表。

一九〇三年（明治三六）　**二四歳**　一月、市村座で小栗風葉によって初めて森鷗外に紹介される。五月、『夢の女』を新声社より刊行。七月、「夜の心」を「新小説」に、「燈火の巷」を「文芸倶楽部」に発表。九月、『女優ナナ』を新声社より刊行。同月二二日、日本郵船の信濃丸で横浜港を出帆し、一〇月、シアトルを経てタコマに着く。父の知友で古屋商店タコマ支店支配人の山本一郎宅に寄寓。そこより、タコマースティディアムーハイスクールに通学。

一九〇四年（明治三七）　**二五歳**　四月、「船室《キャビン》夜話」を「文芸倶楽部」に発表。一〇月、セントルイスに万国博覧会を見物に行く。一一月、ミシガン州のカラマズーに行き、そこのカレッジでフランス語を学ぶ。

一九〇五年（明治三八）　**二六歳**　六月、キングストンを経てニューヨークに行き、領事館永井松三（素川）に渡仏を相談。七月、その紹介で旅費を得るためワシントンの日本公使館に小使として住み込む。この間、六月、「岡の上」を「文芸倶楽部」に、「酔美人」を「太陽」に発表。九月、娼婦イデスを知り交情を深める。一一月、ニューヨークを経てカラマズーに帰る。一二月、父の配慮で横浜正金銀行ニューヨーク支店に勤める。

一九〇六年（明治三九）　**二七歳**　二月、「強弱」（のち「牧場の道」と改題）を「太陽」に、三月、「夏の海」を「新小説」に発表。ニューヨークに来たイデスと再会し交情を深める。一〇月、「長髪」を「文芸倶楽部」に、「夜半の酒場」を「太陽」に発表。

一九〇七年（明治四〇）　**二八歳**　五月、「雪のやどり」を「文章世界」に、「旧恨」を「太陽」に、六月、「一月一日」を「大西洋」に発表。同月、イギリス生まれの中流家庭の娘ロザリンと知り合う。七月、父の斡旋でフランスの横浜正金銀行リヨン支店に転勤となり、フランス汽船ブルタンユ号で渡仏。一〇月、「春と秋」を「太陽」に発表。

一九〇八年（明治四一）　**二九歳**　銀行を辞し、パリに行く。四月、上田敏に初めて会う。五月、パリを去り、ロンドンを経て、讃岐丸で七月一五日に帰国。大久保余丁町の父の家に入る。八月、『あめりか物語』を博文館より刊行。九月、「ひとり旅」を「中学世界」に、「ADIEU《わかれ》」（のち「巴里のわかれ」）を「新潮」に、一一月、「蛇つかひ」を「早稲田文学」に、「黄昏の地中海」を「新潮」に、一二月、「成功の恨み」（のち「再会」）を「新小説」に、「紅燈集」を「趣味」に発表。

一九〇九年（明治四二）　**三〇歳**　一月、「祭の夜がたり」を「新潮」に、「狐」を「中学世界」に、「悪感」（のち「新嘉坡の数時間」）を「秀才文壇」に、「カルチェー、ラタンの一夜」（のち「おもかげ」）を「太陽」に、二月、「深川の唄」を「趣味」に、三月、「曇天」を「帝国文学」に、「監獄署の裏」を「早稲田文学」に発表。三月二五日発行で『ふらんす物語』を博文館より刊行したが、届出と同時に発売禁止となる。五月、「祝盃」を「中央公論」に、「春のおとずれ」を「新潮」に、七月、「歓楽」を「新小説」に、「牡丹の客」を「中央公論」に、八月、「花より雨に」を「秀才文壇」に発表。九月、『歓楽』を易風社より刊行。発売禁止となる。一〇月、『荷風集』を易風社より刊行。「帰朝者の日記」（のち「新帰朝者日記」）を「中央公論」に、一二月、「すみだ川」を「新小説」に発表。同月一三日より翌年二月二八日まで夏目漱石の依頼で『冷笑』を「東京朝日新聞」に連載。この年の夏から新橋芸者の富松（吉野コウ）と親しむ。

一九一〇年（明治四三）　**三一歳**　一月、「見果てぬ夢」を「中央公論」に発表。二月、森鷗外・上田敏の推薦によって慶応義塾大学文学科の教授となる。「西班牙料理」を「屋上庭園」に発表。五月、「三田文学」を主宰し、創刊号より「紅茶の後」を翌年一一月まで連載。籾山仁三郎（庭後）との親交が開ける。九月、「平維盛」を「三田文学」に発表。秋、富松が客に落籍《ひか》され、新橋芸者の八重次（金子ヤイ、のちの藤蔭静枝）との交情深まる。一一月、「パンの会」に初めて出席。

一九一一年（明治四四）　**三二歳**　慶応義塾大学に通う途中、大逆事件の囚人馬車に出会い、衝撃を受ける。三月、「下谷の家」を、一一月、「谷崎潤一郎氏の作品」を「三田文学」に発表。一一月、西園寺公望の主催する第六回雨声会に出席。

一九一二年（明治四五・大正元）　**三三歳**　二月、「妾宅」を「朱欒」に（以下は五月「三田文学」）、「掛取り」を「三田文学」に、三月、「若旦那」（のち「色男」）を「三田文学」に、四月、「風邪ごゝち」を「中央公論」に、「浅瀬」を、五月、「昼すぎ」を、六月、「名花」を、七月、「松葉巴」を、九月、「五月闇」をそれぞれ「三田文学」に発表。九月、本郷湯島一丁目の材木商斎藤政吉の次女ヨネと結婚。一一月、『新橋夜話』を籾山書店より刊行。一二月三〇日、父久一郎が脳溢血で倒れ意識不明となったが、荷風は八重次と箱根に行き、帰りには雪のためその妓家に留まったので、連絡がつかなかった。

一九一三年（大正二）　**三四歳**　一月二日、父久一郎死去。享年六〇歳、正四位に叙せられる。二月、妻ヨネと離婚、八重次を外妾とし四谷荒木町の借家に住わせる。一、三、四月、「戯作者の死」（のち「散柳窓夕榮」）を「三田文学」に発表。四月、訳詩集『珊瑚集』を籾山書店より刊行。五、六月、「父の恩」（以下大正八年八月「新小説」、未完）を、八月、「厠の窓」を「三田文学」に発表。九月、「大窪日記」（のち「大窪多与里」）を「三田文学」に連載（翌年七月まで）。一二月、「恋衣花笠森」を「三田文学」に発表。

一九一四年（大正三）　**三五歳**　八月、母の許可を得、金子ヤイ（八重次）との結婚披露を市川左団次夫妻を媒酌人として八百善で行う（三月七日入籍）。この月より「日和下駄」を「三田文学」に連載（翌年六月まで）。秋より八重次との再婚が原因で弟威三郎と不和となる。

一九一五年（大正四）　**三六歳**　一月、書き下ろしの『夏姿』を籾山書店から刊行したが、直ちに発売禁止となる。二月、妻ヤイと離婚。五月、京橋区(現、中央区)築地一丁目の借家に移転。同月、『荷風傑作鈔』（桐友散士編）を、一一月、『日和下駄』を籾山書店より刊行。

一九一六年（大正五）　**三七歳**　一月、浅草旅籠町一丁目一三番地の米田方に転居。三月、慶応義塾大学を退き、「三田文学」の編集をも辞す。余丁町の邸の地所を半分、子爵入江為守に売却し、邸を改築。四月、籾山庭後・井上唖々らと雑誌「文明」を創刊。同誌に「けふこのごろ」（のち、「矢立のちび筆」）・「矢はずぐさ」（四、五、六月）を発表。五月、大久保余丁町の本邸に帰り、一室を断腸亭と名づけ起居。九月、旅籠町の小家を買い入れ、別宅としたが、一か月余りで売却し、断腸亭に帰る。八月より翌年一〇月まで、「腕くらべ」を「文明」に連載。

一九一七年（大正六）　**三八歳**　四月、「西遊日誌」（のち「西遊日誌抄」）を「文明」に（一〇月まで）連載。七月、「四畳半襖の下張（一）」を「文明」に発表。九月、木挽町九丁目に借家し仮住居とし、無用庵と名づける。一二月、「腕くらべ」私家版五〇部限定印刷。籾山との間で経営上の意見の相異が表面化し、「文明」より手を引く。

一九一八年（大正七）　**三九歳**　一月、「おかめ笹」を「中央公論」に発表。『断腸亭雑稾』を籾山書店より刊行。二月、『腕くらべ』を十里香館版として新橋堂より発売。三月、「書かでもの記」を「三田文学」（三、五、六、一〇月）に発表。五月、井上唖々・久米秀治らと雑誌「花月」を創刊。同誌に「おかめ笹」続稿を（一一月まで）掲載。八月、築地の宮薗千春《せんはる》のもとに出入し、薗八節の稽古を始める。九月、「葡萄棚」を「中央公論」に発表。一二月、大久保余丁町の邸宅を売却し、

京橋区(現、中央区)築地二丁目三〇番地に移転。「花月」廃刊。春陽堂元版『荷風全集』第一回配本(全六巻で大正一〇年七月完結)。

一九一九年(大正八) **四〇歳** 一二月、「花火」を「改造」に発表。

一九二〇年(大正九) **四一歳** 三月、『江戸芸術論』を、四月、『おかめ笹』を春陽堂より刊行。同月、「小説作法」を「新小説」に発表。五月、麻布市兵衛町一丁目六番地の偏奇館に移転。

一九二一年(大正一〇) **四二歳** 三月、「雨瀟々」を「新小説」に発表。

一九二二年(大正一一) **四三歳** 三月、『秋のわかれ』を春陽堂より刊行。三、四月、「雪解」を「明星」に発表。六月より翌年一月まで、「二人妻」を「明星」に連載。七月、『雨瀟々』を春陽堂より刊行。

一九二三年(大正一二) **四四歳** 三月より翌年一月まで「耳無草」(のち「隠居のこゞと」)を「女性」に連載。七月、外祖父鷲津毅堂の事蹟の考証を思い立つ。九月一日、関東大震災にあったが、偏奇館は無事であった。

一九二四年(大正一三) **四五歳** 二月より七月まで「下谷のはなし」(のち「下谷叢話」)を「女性」に連載。九月、『麻布雑記』を春陽堂より刊行。この年、左団次との親交を深める。

一九二五年(大正一四) **四六歳** 二月、「葷菴《くんあん》漫筆」(のち「葷斎漫筆」)を「苦楽」に発表(続稿は四月より一〇月まで「女性」に連載)。「ちゞれ髪」(のち「ちゞらし髪」)を「女性」に発表。

一九二六年(大正一五・昭和元) **四七歳** 三月、『下谷叢書』を、四月、『荷風文稾』を春陽堂より刊行。七月、「貸間の女」を「苦楽」に発表。八月より銀座のカフェーのタイガーに通い始める。

一九二七年(昭和二) **四八歳** 四月、「成嶋柳北の日記につきて」(のち「成嶋柳北の日記」)を、五月、「柳北仙史の柳橋新誌につきて」(のち「柳橋新誌につきて」)を「中央公論」に発表。六月より翌年二月まで「荷風随筆」を「中央公論」に連載。七月、「やどり蟹」(「貸間の女」の続編)

を「中央公論」に発表。九月、三番町の妓寿々龍こと関根歌を身受し、一〇月、八幡町に移し、そこを壺中庵と名づける。

一九二八年（昭和三）　**四九歳**　四月、関根歌に三番町一〇番地に待合幾代を開業させる。

一九二九年（昭和四）　**五〇歳**　二月、「かたおもひ」を「中央公論」に発表。

一九三一年（昭和六）　**五二歳**　三月、「紫陽花」（のち「あぢさゐ」）を、五月、「榎物語」を、一〇月、「つゆのあとさき」をそれぞれ「中央公論」に発表。一一月、『つゆのあとさき』を中央公論社より刊行。一二月、関根歌と別れる。

一九三二年（昭和七）　**五三歳**　五月、「正宗谷崎両氏の批評に答ふ」を「古東多卍《ことたま》」に発表。

一九三三年（昭和八）　**五四歳**　四月、「文反古」（のち「申訳」）を「中央公論」に発表。『荷風随筆』を中央公論社より刊行。

一九三四年（昭和九）　**五五歳**　八月、「ひかげの花」を「中央公論」に発表。

一九三五年（昭和一〇）　**五六歳**　三月、「残冬雑記」（「深川の散歩」「元八まん」「里の今昔」）を「中央公論」に発表。四月、『冬の蝿』を偏奇館より私家版として刊行。

一九三六年（昭和一一）　**五七歳**　六月、「残春雑記」（「鐘の声」「放水路」「玉の井」）を「中央公論」に発表。この年の五月より玉の井通いを始める。

一九三七年（昭和一二）　**五八歳**　一月、「万茶亭の夕（其他二篇）」（のち「作後贅言」「町中の月」「郊外」）を「中央公論」に発表。四月一六日より六月一五日まで「濹東綺譚」を東京・大阪朝日新聞に連載。四月、『濹東綺譚』の私家版を烏有堂版としてつくり、八月、『濹東綺譚』を岩波書店より刊行。九月八日、母恆死去。

一九三八年（昭和一三）　**五九歳**　二月、「おもかげ」を、四月、「女中のはなし」を「中央公論」に発表。五月、歌劇台本「葛飾情話」を「新喜劇」に発表し、菅原明朗の作曲で浅草オペラ館で上演。七月、『おもかげ』を岩波書店より刊行。

一九三九年（昭和一四）　**六〇歳**　一一月、『改訂下谷叢話』を富山房より刊行。
一九四一年（昭和一六）　**六二歳**　前年二月に亡くなった市川左団次を偲んで、四・五月、「杏花余香」を「中央公論」に発表。
一九四四年（昭和一九）　**六五歳**　三月、杵屋五叟（大島一雄）の次男永光《ひさみつ》を養子とする。
一九四五年（昭和二〇）　**六六歳**　三月一〇日、午前四時の大空襲で偏奇館焼亡。代々木駅近くの五叟宅に避難し、四月、東中野の菅原明朗のいる国際文化アパートに移る。五月、再度罹災し、駒場の宅孝二宅に避難。六月、東京を脱出し、明石を経て岡山に行き三度目の罹災。八月、岡山県勝山町の谷崎潤一郎の疎開先を訪れ、岡山に帰って終戦を知る。九月、熱海和田浜の木戸正方に疎開していた杵屋五叟宅に寄寓。一一月、『冬の蠅』を扶桑書房より刊行。一二月、「亜米利加の思出」を「新生」に発表。
一九四六年（昭和二一）　**六七歳**　一月、杵屋五叟が市川市菅野二五八番地の借屋に移転、そこに寄寓。「踊子」を「展望」に、「勲章」を「新生」に発表。六月まで「浮沈」を「中央公論」に連載。二月、「為永春水」（執筆は昭和一六年七〜八月）を「人間」に発表。三月より六月まで「戦災日録」（のち「罹災日録」）を「新生」に連載。七月、「問はずがたり」を「展望」に発表。九月、『来訪者』を筑摩書房より、『ひかげの花』を中央公論社より刊行。
一九四七年（昭和二二）　**六八歳**　一月、市川市菅野の小西茂也方に寄寓。『罹災日録』を、三月、『夏姿』をともに扶桑書房より、五月、『浮沈』を中央公論社より、『勲章』を扶桑書房より、六月、『荷風日歴』上・下を扶桑書房より刊行。
一九四八年（昭和二三）　**六九歳**　一月、戦後初めて浅草に行く。二月、『荷風句集』を細川書店より刊行。三月より昭和二八年四月まで『荷風全集』全二四巻を中央公論社より刊行。五月、「心づくし」を「中央公論」に発表。一一月、『偏奇館吟草』を筑摩書房より刊行。一二月、市川市菅野一一二四番地に瓦葺一八坪の家を買い入れ、移転。
一九四九年（昭和二四）　**七〇歳**　一月、「にぎり飯」を「中央公論」に発表。三月、「停電の夜の出来事」を浅草大都劇場で初演（発表は四月「小説世界」）。五月、『雑草園』を中央公論社から刊行。六月、「断腸亭日乗」を翌年五月まで「中央公論」に連載。「春情鳩の街」を浅草大都劇場で初演（発表は七月「小説世界」）。七月、「秋の女」を「婦人公論」に発表。

一九五〇年（昭和二五）　**七一歳**　一月、「買出し」を「中央公論」に、「葛飾土産」を「中央公論」文芸特集号に、「真間川の記」を「展望」に発表。二月、『葛飾土産』を中央公論社より刊行。「裸体」を「小説世界」に発表。六月、「渡鳥いつかへる」を「オール読物」に発表。「断腸亭日乗」を八月まで「風雪」に連載。

一九五二年（昭和二七）　**七三歳**　四月、「夢」（昭和五年執筆）を「中央公論」文芸特集号に発表。一一月、文化勲章を受賞。一二月、「異郷の恋」（『ふらんす物語』所収、発禁）を「中央公論」に発表。

一九五三年（昭和二八）　**七四歳**　四、七、一〇月、「荷風戦後日歴」を「中央公論」に発表。

一九五四年（昭和二九）　**七五歳**　一月、日本芸術院会員に選ばれる。二月、『裸体』を中央公論社より刊行。三月、「吾妻橋」を「中央公論」に発表。

一九五五年（昭和三〇）　**七六歳**　一月、「心がはり」を「中央公論」に発表。七月、『荷風思出草』（対談）を毎日新聞社より刊行。

一九五六年（昭和三一）　**七七歳**　三月二日より四月二三日まで「葛飾こよみ」を毎日新聞に連載。四月、浅草松屋で毎日新聞社主催の永井荷風展が開催される。

一九五七年（昭和三二）　**七八歳**　三月二日、市川市八幡町四丁目一一二八番地の木造平家に移転。一一月、『吾妻橋』を中央公論社より刊行。

一九五八年（昭和三三）　**七九歳**　一、四、一〇月、「十年昔の日記」を「中央公論」に発表。

一九五九年（昭和三四）　一月、「向島」を「中央公論」に発表。四月三〇日午前三時ごろ胃潰瘍の吐血のため八幡町の自宅で急死。

参考文献

（参考文献多数のため主要なものに限った）

●単行本

佐藤春夫　『荷風雑観』　国立書院　昭22・12
吉田精一　『永井荷風』　八雲書店　昭22・12
（塙書房昭和28・11、新潮社昭46・2、『吉田精一著作集』5桜楓社昭54・11各増補改訂）
岡崎義恵　『荷風論』（アテネ文庫）　弘文堂書店　昭23・7
（『近代文芸の美』　宝文館出版　昭48・11）
正岡　容　『荷風前後』　好江書房　昭23・11
（古賀書店　昭42・10）
日夏耿之介　『荷風文学』　三笠書房　昭25・3
中村真一郎編　『永井荷風研究』　新潮社　昭31・11
小門勝二　『浅草の荷風散人』　東都書房　昭32・10
小門勝二　『銀座の荷風散人』　東都書房　昭33・5
佐藤春夫　『小説・永井荷風』　新潮社　昭35・5
荷風先生を偲ぶ会編　『回想の永井荷風』　霞ケ関書房　昭36・4
小門勝二　『散人——荷風歓楽』　河出書房新社　昭37・12
小山勝治　『荷風パリ地図——日本人の記録』　毎日新聞社　昭39・7
小島政二郎　『鷗外・荷風・万太郎』　文芸春秋　昭40・9
宮城達郎　『永井荷風』（近代作家叢書）　明治書院　昭40・10
秋庭太郎　『考證　永井荷風』　岩波書店　昭41・9
永井威三郎　『風樹の年輪』　俳句研究社　昭43・10
浄閑寺編　『荷風忌や』（第一集）　浄閑寺　昭44・4
日本文学研究資料刊行会編　『永井荷風』（日本文学研究資料叢書）　有精堂　昭46・5
小門勝二　『永井荷風の生涯』　冬樹社　昭47・11

武田勝彦『荷風の青春』三笠書房　昭48・3
宮城達郎編著『永井荷風の文学』（近代の文学）桜楓社　昭48・5
高橋俊夫『荷風文学の知的背景』（笠間選書）笠間書院　昭50・1
野口冨士男『わが荷風』集英社　昭50・5
秋庭太郎『永井荷風伝』春陽堂　昭51・1
大野茂男『荷風日記研究』笠間書院　昭51・3
笹淵友一『永井荷風——「堕落」の美学者』明治書院　昭51・4
種田政明編『新攷永井荷風』飛鳥書房　昭51・4
赤瀬雅子『永井荷風とフランス文学』荒竹出版　昭51・4
桶谷秀昭『天心・鑑三・荷風』小沢書店　昭51・5
宮城達郎『耽美派研究論考——永井荷風を中心として』桜楓社　昭51・6
重友毅編『濹東綺譚の世界』（笠間選書）笠間書院　昭51・9
郡司正勝『荷風別れ』（南柯叢書）コーベブックス　昭51・9
丸谷才一編『四畳半襖の下張裁判　全記録』上・下　朝日新聞社　昭51・11
高橋俊夫『荷風文学閑話』（笠間選書）笠間書院　昭53・1
坂上博一『永井荷風ノート』桜楓社　昭53・6
中村光夫『評論　永井荷風』筑摩書房　昭54・2
秋庭太郎『荷風外伝』春陽堂　昭54・7
磯田光一『永井荷風』講談社　昭54・10
高橋俊夫『葛飾の永井荷風』（ふるさと文庫）崙書房　昭55・10
文芸読本『永井荷風』河出書房新社　昭56・8
森安理文『永井荷風——ひかげの文学』国書刊行会　昭56・11
飯島耕一『永井荷風論』中央公論社　昭57・12
高橋俊夫『永井荷風と江戸文苑』明治書院　昭58・2

秋庭太郎　『新考　永井荷風』春陽堂　昭58・3
平岩昭三　『「西遊日誌抄」の世界――永井荷風洋行時代の研究』　六興出版社　昭58・11

●雑誌特集

「明治大正文学研究」（永井荷風研究）　昭28・5
「文芸」臨時増刊（永井荷風読本）　昭31・10
「三田文学」（永井荷風追悼号）　昭34・6
「学鐙」特集　昭34・6
「中央公論」（永井荷風追悼特集）　昭34・7
「新潮」（孤高と孤独）　昭34・7
「解釈と鑑賞」（永井荷風　作家論と作品論）　昭35・6
「図書」（永井荷風）　昭37・12
「文学散歩」（永井荷風記念号）　昭38・4
「比較文学研究」（『珊瑚集』研究）　昭38・9
「国文学」（荷風と潤一郎）　昭39・4
「文学」（永井荷風）　昭40・9
「太陽」（永井荷風）　昭46・6
「早稲田文学」（荷風に吹かれて）　昭48・9
「本の手帖」（永井荷風）　昭50・12
「現代詩手帖」（永井荷風　象徴と憧景）　昭51・4
「解釈と鑑賞」（永井荷風の世界）　昭59・3

●雑誌・単行本に一部所収

高山樗牛　「『地獄の花』評」（太陽）　明35・11
中村星湖　「芸術家らしき芸術家永井荷風氏」（新潮）　明44・11
相馬御風　「芸術家としての永井荷風氏」（新潮）　明45・2
正宗白鳥　「『腕くらべ』その他」（新小説）　大10・4
正宗白鳥　「『土』と『荷風集』」（中央公論）　大15・3
谷崎潤一郎　「永井荷風氏の近業について――『つゆのあとさき』を読む」（改造）　昭6・11
片岡良一　「永井荷風と近代作家の一類型」（思想）　昭13・3
（『近代日本の作家と作品』岩波書店　昭14・11）
稲垣達郎　「永井荷風」（芸術）　昭21・11
（『近代文学の風貌』　未来社　昭32・9）

高橋義孝「永井荷風論―荷風文学に於ける宗教的なるもの」(国土) 昭22・2
(『批評・懐疑・超克』 鱒書房 昭22・11)
福田恆存「永井荷風」(『作家の態度』) 中央公論社 昭22・9
寺田　透「永井荷風」(『作家私論』) 改造社 昭24・6
興津　要「荷風と江戸文学」(明治大正文学研究) 昭27・10
中村光夫「永井荷風」(『作家の青春』フォルミカ選書) 創文社 昭27・11
成瀬正勝「荷風とやつし」(明治大正文学研究) 昭28・5
寺田　透「永井荷風とフランス文学―中村光夫氏の『作家の青春』を中心として」(明治大正文学研究) 昭28・5
(『理智と情念』上 晶文社 昭36・7)
小田切秀雄「永井荷風」(『近代日本の作家たち』上) 厚文社 昭29・4
(増補版 法政大学出版局 昭37・4)
伊狩　章「永井荷風とモーパッサン―その比較文学的考察」(国語と国文学) 昭29・6
(『硯友社と自然主義文学』桜楓社 昭50・1)
平野　謙「濹東綺譚」(『岩波講座 文学の創造と鑑賞』1) 岩波書店 昭29・11
(『芸術と実生活』講談社 昭33・1)
福田清人「永井荷風」(『十五人の作家との対話』) 中央公論社 昭30・2
野村　喬「前期自然主義の一齣―『地獄の花』をめぐって」(国語と国文学) 昭30・9
吉田精一「永井荷風のゾライズム」(『自然主義の研究』上) 東京堂 昭30・11
片岡良一「永井荷風『新帰朝者日記』」(『近代日本の小説』) 法政大学出版局 昭31・6
安田保雄・岡崎義恵・後上政枝「珊瑚集」(『近代詩の成立と展開―海外詩の影響を中心として』) 矢島書房 昭31・11
奥野信太郎「荷風文学案内」(『文学みちしるべ』) 新潮社 昭31・12
臼井吉見「永井荷風」(『人間と文学』)

（『作家論控え帳』 筑摩書房 昭32・5）
竹盛天雄「初期の荷風」（日本文学） 昭32・11
太田三郎「荷風の知られざる在米時代」（群像） 昭和34・7
吉田精一「永井荷風と人情本」（解釈と鑑賞） 昭34・7〜8
（『現代文学と古典』 至文堂 昭36・10）
唐木順三「文人としての永井荷風」（心） 昭34・12
（『無用者の系譜』 筑摩書房 昭35・2）
加藤周一「物と人間と社会（未完）」（世界） 昭35・6〜9、11〜12、36・1
E・G・サイデンステッカー「永井荷風」（自由） 昭37・7
（『現代日本作家論』 新潮社 昭39・6）
高田瑞穂「耽美派の文学―永井荷風」（『反自然主義文学』） 明治書院 昭38・6
河盛好蔵「『断腸亭日乗』について」（『文学空談』） 文芸春秋新社 昭38・6
佐藤春夫「妖人永井荷風 うぬぼれかがみ」（『詩文半世紀』） 朝日新聞社 昭38・8
池田弥三郎「荷風日記を推理する」（文芸春秋） 昭39・5
（『酒、男、また女の話』 有紀書房 昭41・6）
桑原武夫・成瀬正勝・勝本清一郎・猪瀬謙二「永井荷風について 座談会 日本近代文学史17」（文学） 昭40・4
（『座談会 大正文学史』 岩波書店 昭40・4）
成瀬正勝「荷風の日記」（文学） 昭40・9
成瀬正勝「続荷風の日記―その好色性について」（文学） 昭41・1
高田瑞穂「荷風のダンディズム―その実体と効果」（『近代耽美派』） 塙書房 昭42・9
佐伯彰一「永井荷風」（『伝記と分析の間』） 南北社 昭42・12
竹盛天雄「近代文学における父と子の問題」（国文学） 昭44・10〜12
宮城達郎「学校時代の永井壮吉」（文学） 昭45・6

前田　愛　「荷風における江戸―『下谷叢話』をめぐって」（国文学）　昭45・6

塩田良平　「荷風と柳北」（『明治文学論考』）　桜楓社　昭45・11

瀬沼茂樹　「永井荷風―初期の思想」（『明治文学研究』）　法政大学出版局　昭49・5

島田謹二　「永井荷風の『珊瑚集』」（『日本における外国文学』上）　朝日新聞社　昭50・12

山崎正和　「その時代―荷風と漱石」（『不機嫌の時代』）　新潮社　昭51・9

太田三郎　「永井荷風」（『近代作家と西欧』）　清水弘文堂　昭52・4

前田　愛　「『孤』―荷風の原風景」（『日本の近代文学―作家と作品』）　角川書店　昭53・11
（『都市空間の文学』　筑摩書房　昭57・12）

竹盛天雄　「『あめりか物語』の形成―カラマッヅウにおける荷風」（川副国基編『文学・一九一〇年代』）　明治書院　昭54・3

江藤　淳　「永井荷風―ある遁走者の生涯について」（中央公論）　昭54・9
（『作家論』　中央公論社　昭35・2）

松田良一　「永井荷風の出発―木曜会時代試論」（国語と国文学）　昭56・1

塚越和夫　「永井荷風」（『明治文学石摺考―柳浪・緑雨・荷風他』）　葦真文社　昭56・11

さくいん

【作品】

「青簾」……二九
「暁」……五四・一三〇〜一三一・一三七
「秋の女」……一三一
「秋のちまた」……一三一・一四三・一四八
「悪友」……五四・一三〇・一三一
「浅瀬」……八二
『麻布雑記』……一〇一
「畦道」……一三一
「吾妻橋」……一三一
「雨瀟々」……一〇〇
『あめりか物語』……
三・五四・六五・六七・一三一〜一三四
「或夜」……一三一
「異郷の恋」……六七・一四一・一四六
「一月一日」…三・一三〇・一三一・一三七
「色男」……八二
「隠居のこゞと」……一〇三
「薄衣」……一三〇・一三一・一四四
『腕くらべ』……
九二〜九四・一六九・一七〇・一八二・一八八
「エミールゾラと其の小説」一二五
「烟鬼」……二九
「岡の上」……一三〇〜一三三
「おかめ笹」……九九
「落葉」……五四・一三一・一三三
「踊子」……一三一・一三三
「おぼろ夜」……二九
「おもかげ」……一四三・一四四・一五三
「買出し」……一三一・一三三
「掛取り」……八二
「風邪ごゝち」……八二
「かたわれ月」……一三〇
「葛飾情話」……一三三・一三一
『荷風思出草』……九・一二
「監獄署の裏」一二・一三・六四・六五・六八
「歓楽」……六七・六八
「狐」……一一・一三・六七
「希望」……八七
「旧恨」……五四・一三〇・一三一
「靴」……一三一
「雲」(「放蕩」)六七・一四〇・一四一・一五六
「葦斎漫筆」……一六
「勲章」……一三一・一三三・一三二
「恋人」……一四三・一四四
「心づくし」……一三一
「再会」……一四一・一四四・一五三
「西遊日誌抄」……四五・四八・
五二・五三・五八・一三四・一三八・一四七・一四九
「作後贅言」(「万茶亭の夕」)
……一〇九・一九〇・一九四
「里の今昔」……一二五
「小夜千鳥」……三一
「舎路《シアトル》港の一夜」……一三三
「市俄古《シカゴ》の二日」……
一三〇〜一三三・一三六・一三七
『下谷叢話』……一〇三・一〇四
「下谷の家」……一四・一七
「上海紀行」……二三・二四
「十九の秋」……二三
「十六七のころ」……一九
「祝盃」……一三・六七・六八
「除夜」(「霧の夜」)
……一四一・一四四・一五一
「新梅ごよみ」……二三・二四
「新嘉坡《シンガポール》の数時間」…一四三・一四四
『新帰朝者日記』一七・六八・六九・一四九
『新橋夜話』……八二・一四六
『新任知事』……二九
「西瓜」……一〇三
「酔美人」……一三〇・一三一
「すみだ川」(明36)……一四三
「すみだ川」(明42)……七二
「絶望」……一三三
「船房夜話」……一二九・一三一・一三三
「桑中喜語」……八九
「ゾラ氏の作 La Béte Humaine」……一二五
「平維盛」……四九・七九
「黄昏の地中海」……一四三・一四四
『断腸亭日乗』……
九五・一二四・一八九・一九六・一九八・一九九
「父の恩」……二一・八八
『地獄の花』……三六・三八
「ちゃいなたうんの記」五四・一三一
「長髪」…五四・一三〇・一三一・一三五・一三六
「散柳窓夕栄」(「戯作者の死」)

……七九・八七・一六五・一六七・一六八
「つゆのあとさき」九九・一〇七・一〇八
「梅雨晴」……二四
「橡の落葉」……一四三・一四四
「問はずがたり」……一一三
「曇天」……六七・六八
『夏姿』……八三・一六九
「夏の海」……一三〇・一三一・一四五
「夏の町」……二一
「にぎり飯」……一三一
「濁りそめ」……三〇
「寝覚め」……一三〇・一三一・一三六
「俳優を愛したる乙女に」……三五
「墓詣」……一四三・一四四
「裸美人」……一四三・一四四
「花籠」……三〇
「花火」……八六・一六〇〜一六三・一六四
「花より雨に」……六八
「巴里のわかれ」……六三・一四三・一四四・一五五・一五七
「春と秋」……五四・一三〇・一三一
「春のおとずれ」……六七・六八
「春の恨」……一九
「晩餐」……一四一・一四四・一五〇
「ひかげの花」……一〇八・一〇九・一一二
「ひとり旅」……一四一・一四四・一五三
「美味」……一四三・一四四
「日和下駄」……八九
「ひるすぎ」……一四三・一四四
「深川の唄」……六七
「浮沈」……一一三
「船と車」……一三一・一四三・一四五
『ふらんす物語』……六六・六七・一四〇・一四一・一四七・一五三・一五五・一五六
「文反古」（「申訳」）……八三・一〇六
「蛇つかひ」……一四一・一四四・一四八
『偏奇館吟草』……一三三
『濹東綺譚』……一〇九・一八九〜一九一・一九七・二〇三・二〇六〜二〇八
「牡丹の客」……六七
「ポートセット」……一四三・一四四
「毎月見聞録」……九二・九六
「舞姫」……一四三・一四四
「牧場の道」（「強弱」「野路のかへり」）……四七・一三九・一三一〜一三三
「祭の夜がたり」一四一・一四四・一五〇
「松葉巴」……一三九
「三重襷」……三〇
『野心』……三五・三七・七一
「矢はずぐさ」……八五・九二
「夜半の酒場」……五四・一三〇・一三一
「闇の叫び」……三七
「雪解」……九七・一〇〇
「雪のやどり」……一三〇・一三一
「夜あるき」……五四・一三一
「洋服論」……一〇・一六
「四畳半襖の下張」……九二・一一八・一一九・一六九
「予の二十歳前後」……三六
「夜の女」……五四・一三〇〜一三二・一三六
「夜の霧」……四七・一三三
「来訪者」……一一三
「裸体」……一一三
「林間」……五四・一三〇・一三一
『冷笑』……一二・一三・七三・一三七・一八一
「六月の夜の夢」……五四・一三一
「ローン河のほとり」……一三一・一四三・一四六
「若旦那」……八二
「をさめ髪」……三〇

【人名】

相磯凌霜（勝弥）……一〇三・一七四
朝寝坊むらく（永瀬徳久）……二七
生田葵山……三一・三三・四七・四九・一三三・一三五
泉鏡花……二五・七八・八〇
市川猿之助……九三・九七
井上精一（亜々、深川夜烏）……一八・二〇・二四・六五・八三・九一・九三・一〇三・一六九・一七五
今村次七……五〇・五一
岩渓裳川……二〇
巌谷小波……三一・八〇・一二九
上田敏……二四・六一・七六〜七八・一〇一
植村正久……一五
ヴェルレーヌ……五四・六三・六七・八七・一五三
榎本虎彦……三二・三三
大島久満次……三二・八四
大島（永井）永光……一二六・一三〇
大沼枕山……一〇四・一〇五
小門勝二（小山勝治）……一三〇
尾崎紅葉……二六・二九・一八六
河竹黙阿弥……三三・一六四
杵屋五叟（大島一雄）

……一二四〜一二七・一三〇
木村荘八……一〇九・一九一
久保田万太郎……七三・七九
久米秀治……九一・九三
黒田湖山……三一・三三・四九
幸田露伴……二六・二九・一二五
幸徳秋水……八六
小杉天外……三四・四〇・八〇
ゴーチェ……
四七〜四九・七三・八七・一三四・一三五・一三八
コレット……一〇七
西園寺公望……八〇・八一・一五四
斉藤緑雨……一二五
阪本越郎……一三
阪本釤之助……三一・三九
佐藤春夫……
七七・七九・八八・一二四・一三五・一八六
志賀直哉……一〇八
ジッド……二〇三
島崎藤村……八〇・一〇八
島田翰……二四
菅原明朗……一一三〜一一五
関根歌……一一四
相馬御風……六五・七五・七八
ゾラ……三二〜三六・四〇・
四三・四四・四五・四七・四九・五六・五七・
六〇・八六・九三・一三五・一五三
高見順……三一
谷崎潤一郎……七八・八〇・八二・
一〇〇・一〇七・一〇八・一一五・一八六・一八七
ダヌンツィオ……六九
為永春水……
一九・二八・三四・一三五・一六七・一八六
田山花袋……七四・八〇
寺内寿一……一八
ドーデー……四七・四九・五六・六〇・一三八
富松(吉野こう)……七三
永井威三郎(弟)……
八・一五・六四・八五・八六・一一〇
永井久一郎(禾原)(父)……
八・九・一〇・一六・一八・三一・四五・五一・
八〇・八一・八三〜八五・一三八・一五四
永井久右衛門正直……八
永井松三(素川)……
五二・五三・五八・八五・一一〇
永井星渚……九・一六・一〇四
永井匡鼎……九
永井匡儀……九
永井匡威……九
永井恆(母)……八・八〇・八五・八六・一一〇
永井貞二郎(弟)……八・一五・一八・八六
永井伝八郎直勝……八
永井正治……九
永井(斉藤)ヨネ……八三・八五
中村星湖……四一
夏目漱石……七〇・七一・七四・七六
成島柳北……二一・九三・九六・一九五
西村恵次郎(渚山)……
三一・五六・五八・六〇〜六三・一二九・一四七
野口米次郎……七八
服部南郭……九・一〇四
馬場孤蝶……七七・七八
バレス……一五三
樋口一葉……二五・一九七
日夏耿之介……一八三
広津柳浪……二五〜二七・三四・八〇
福地櫻痴(源一郎)……三一・三三
ボードレール……三四・五四・五五・六六・
八七・一二八・一五一・一五三・一五八・二〇七
堀口大学……七九・八八・九一
正岡子規……二〇・三一
正宗白鳥……七四・一〇九・一五〇
マラルメ……六三
水上滝太郎(阿部省三)
……一九・七三・七九・九一・一九〇
宮園千春……九七
三宅青軒……三三
ミュッセ……一三九
モーパッサン……四二・四三・四五・
四七・四九・五四・五七・五九・六〇・六三・
六六・一三三・一三五・一三六・一五三
籾山庭後(仁三郎)
……八四・九〇〜九二・一七五
森鷗外……三三・三四・三八・七六・
七八・八〇・八二・一〇一・一〇三・一二五
森春濤……一〇
八重次(藤蔭静枝、内田ヤイ)
……八二〜八六・八九・九三
羅臥雲(蘇山人)……三一
柳亭種彦……一六五〜一六九
レニエー……六三・七三・八七・八八・一五三
ローダンバック……六八・七三
ロティ……六三・八八
鷲津毅堂……一〇・一六・一〇三・一〇四
鷲津美代……一五〜一七・一〇三

永井荷風■人と作品　　定価はカバーに表示

1984年10月25日　第1刷発行©
2017年9月10日　新装版第1刷発行©

・著　者 ……………………福田清人《ふくだきよと》／網野義紘《あみのよしひろ》
・発行者 ……………………………渡部　哲治
・印刷所 ……………………法規書籍印刷株式会社
・発行所 ……………………株式会社　清水書院

〒102-0072　東京都千代田区飯田橋3-11-6
Tel・03(5213)7151～7
振替口座・00130-3-5283
http://www.shimizushoin.co.jp

検印省略
落丁本・乱丁本は
おとりかえします。

CenturyBooks

Printed in Japan
ISBN978-4-389-40120-7

CenturyBooks

清水書院の〝センチュリーブックス〟発刊のことば

近年の科学技術の発達は、まことに目覚ましいものがあります。月世界への旅行も、近い将来のこととして、夢ではなくなりました。しかし、一方、人間性は疎外され、文化も、商品化されようとしていることも、否定できません。

いま、人間性の回復をはかり、先人の遺した偉大な文化を継承して、高貴な精神の城を守り、明日への創造に資することは、今世紀に生きる私たちの、重大な責務であると信じます。

私たちがここに、「センチュリーブックス」を刊行いたしますのは、人間形成期にある学生・生徒の諸君、職場にある若い世代に精神の糧を提供し、この責任の一端を果たしたいためであります。

ここに読者諸氏の豊かな人間性を讃えつつご愛読を願います。

一九六七年

SHIMIZU SHOIN